Stephan Pörtner

PÖSCHWIES

Köbi Robert ermittelt

Zum Andenken an

Urban «Verbon Asparagus» Arpagaus (ca. 1957–2008)

… und all die anderen

HOMICIDE
(999)

Mein Leben entgleiste an einem kühlen, in klares Sonnenlicht getauchten Herbsttag. An einem Tag, der nicht zu heiss und nicht zu kalt war, nicht zu nass und nicht zu trocken. Mit einem Wort: angenehm. Es war einer von den Tagen, die sich zu einem Leben aneinanderreihen und gar nicht erst in der Erinnerung abgelegt werden. Bis etwas passiert.

An so einem Tag bog ich von der Langstrasse in die Hohlstrasse ein, ging am Restaurant Weingarten vorbei, dessen namengebender Aussenbereich brachlag. Weiter vorne, bei den kleinen Goals, die auf dem Platz zwischen Schulhaus und Bäckeranlage standen, spielten zwei dunkelhäutige Buben Fussball. Sie waren etwa sieben und neun Jahre alt. Ich schaute im Vorbeigehen zu, als sich von der anderen Seite ein bleicher, dünner Mann Mitte dreissig näherte, Bierdose in der Hand, Drogencocktail im Kopf.

«Ihr verdammten Scheissneger, verschwindet hier!», schrie er. Die Buben stoppten mitten in der Bewegung, der Ball rollte seitlich weg. Ein älterer Mann, der Grossvater wahrscheinlich, Italiener oder Spanier, der am Zaun beim Schulhaus stand, lächelte verunsichert.

Der Bierdosenmann schritt entschlossen auf die Kinder zu. «Ihr sollt abhauen, geht dahin zurück, wo ihr herkommt!» Er meinte nicht die Familienwohnung.

Warum blieb ich stehen? Die Sache ging mich nichts an. Es war, wie gesagt, ein angenehmer Tag. Gewesen. Mein Puls schnellte in die Höhe. Wut ergriff mich.

«Halt's Maul! Lass die Kinder in Ruhe!»

Die Buben nutzten die Gelegenheit, den Ball zu schnappen und zum Grossvater zu rennen.

«Hast du ein Problem? Bist du schwul oder was?» An den Mundwinkeln des Verpeilten bildeten sich Speichelbläschen.

Ich sprach den Satz aus, mit dem Pat, der Bassist, das Konzert der Band F.d.P. am Festival *Von uns für uns* in der Roten Fabrik eröffnet hatte, wie auf dem Live-Album zu hören war: *«Chum doch da ane, du Arsch!»*

Ich vergass, dass ich knapp fünfzig und nicht fünfundzwanzig war und dass ich selbst damals, als ich mich zu Prügeleien hatte hinreissen lassen, immer einstecken musste.

Mein Blut kochte, die Kiefer mahlten. Der Mann trank sein Bier aus, wischte sich mit dem Handrücken über den Mund und schmiss die Dose nach mir. Auf der pergamentartigen, gelblich weissen Haut, die sich über seinen Schädel spannte, bildeten sich Schweissperlen. Den Kopf gesenkt, die Fäuste geballt, stürmte er auf mich zu. «Scheiss Yuppie!», fauchte er.

Dabei hiessen die bösen Verdränger schon zu der Zeit Hipster. Sie hatten das Viertel erobert und tolerierten solche Gestalten als pittoreskes urbanes Stilelement. Ein paar malerische Clochards in dem kleinen Park, der Bäckeranlage, als Farbtupfer, zum Beweis, dass man da wohnte, wo das Leben pulsierte.

Solange sie den Kindern nicht zu nahe kamen und nach Einbruch der Dunkelheit sachgemäss in sozialen Einrichtungen zwischengelagert wurden.

Aus dem Augenwinkel sah ich die Buben, die verschreckt und gleichzeitig fasziniert hinter den Hosenbeinen des Grossvaters hervorlinsten.

«Ich stech dich ab, du schwule Sau!», spie der Gelbe und griff, als er auf Armlänge herangekommen war, in seine Jeansjacke. Ich sah das Messer schon aufblitzen. Angst mischte sich in meine Wut, fachte sie an, liess sie weissglühen. Mein Echsenhirn übernahm, das kannte nur Kämpfen, Flüchten oder Erstarren. Die Zeit verlangsamte sich, ich machte einen Ausfallschritt, holte aus und verpasste dem Mann einen Kinnhaken. Volltreffer! Beschleunigung, Einsatz des Körpergewichts, alles in perfekter Harmonie. Ein Lucky Punch. Nur, dass er niemandem Glück brachte. Mein Gegner hob ab, flog beinahe waagrecht durch die Luft und knallte mit dem Hinterkopf auf ein Skater-Hindernis aus Beton. Es knackte hässlich, er sackte zusammen, die Spannung verliess seinen Körper, als hätte man ihm die Luft herausgelassen. Mit einem Satz war ich bei ihm, trat ihm ein paar Mal gegen die Rippen, riss ihn am Kragen seiner Jeansjacke hoch, schüttelte ihn und drohte ihm mit der Faust. «Verschwinde, du Scheissnazi!», schrie ich und wartete darauf, dass er sich aufrappelte. Er tat nichts dergleichen. Er war tot.

Die Polizei, im Quartier omnipräsent, war sofort zur Stelle. Hatte ich zuvor niemanden wahrgenommen, eilten nun zwei Männer und eine Frau herbei, die alles gesehen haben wollten. Weil ich nüchtern war, hatte ich keine Ausrede, und weil in seiner Jacke kein Messer, sondern ein Handy gesteckt hatte, war ich in Erklärungsnot. Filmen konnte man mit dem Ding nicht, vielleicht wollte er Verstärkung rufen oder ein Foto von mir machen.

Die Frage, was er damit vorhatte, konnte nicht mehr beantwortet werden.

Ich wurde verhaftet. Dieser angenehme, unauffällige Tag zum Vergessen war mein letzter Tag in Freiheit. Reiner Zufall, dass ich an der Hohlstrasse vorbeigekommen war. Ich hatte im Jamarico ein paar Platten gehört, schliesslich, weil unentschlossen, doch keine gekauft, und war nun auf dem Weg in die Mars Bar. Ich war zur falschen Zeit am falschen Ort. Und mehr als nur ein bisschen selber schuld. Wenn ich nicht so wütend geworden wäre, hätte ich einen anderen Weg gefunden, ihn zu stoppen. Ich hätte um Hilfe rufen können, die Polizei gar, irgendwas. Den Buben wäre nichts passiert. Wahrscheinlich hatte ich sie mit meiner Tat erst recht traumatisiert.

Vor Gericht stellte sich die Frage, ob es sich um Totschlag oder fahrlässige Tötung handelte. Das eine gab höchstens drei, das andere höchstens zehn Jahre.

Es gab die drei Zeugen, die gesehen haben wollten, wie ich den Mann grundlos angegriffen und danach auf den am Boden Liegenden eingetreten und geschrien hätte: «Ich schlag dich tot, du Junkie-Schwein!» Die Aggression sei einzig von mir ausgegangen. Die Aussagen der Zeugen stimmten überein. Ich hatte sie am Tatort nicht wahrgenommen. Vielleicht lag es am Tunnelblick, der Konzentration auf den Gegner und die Gefahr. Das Dumme war, dass niemand die Buben und ihren Grossvater gesehen hatte. Die waren bereits verschwunden, als die Polizei eintraf. Mein Anwalt konnte sie nicht ausfindig machen. Die Geschichte, die ich erzählte, war nicht plausibel. Meine Aussage wurde als nicht glaubwürdig eingestuft.

Das Opfer hatte ein langes Vorstrafenregister und war als Konsument harter Drogen bekannt. Im Prozess wurde er als lieber, feiner Mensch beschrieben, der ein paar Probleme hatte.

Es wurde auf Totschlag entschieden und die Höchststrafe verhängt. Mein Anwalt machte mir wenig Hoffnung, dass es etwas bringen würde, an die nächsthöhere Instanz zu appellieren.

Klar empfand ich Reue. Es war aber nicht so, dass diese Tat einen anderen Menschen aus mir gemacht hätte. Die Leute stellen sich vor, dass sich tief drinnen etwas verändert, wenn man einen Menschen tötet. Ein Kainsmal, das auf der Stirn erscheint. Das stimmt nicht. Ich hatte ihn nicht getötet, ich hatte seinen Tod verursacht. Feiner Unterschied. Das Genick gebrochen hatte ihm der Beton, auf den er gestürzt war. Weil ich ihn geschlagen hatte. Weil er auf mich losgegangen war. Weil ich ihn provoziert hatte. Weil er die Buben beschimpft hatte. Hätte er das nicht getan, wäre er noch am Leben. Hätte ich mich nicht von meiner Wut überwältigen lassen, wäre ich nicht ins Gefängnis gekommen. Es war Pech, Pech für beide.

CAREER OPPORTUNITIES
(The Clash)

Die schwere, mechanische Eisentür schloss sich mit einem leisen Klacken hinter mir. Vor mir lag keine staubige Landstrasse, sondern ein vorstädtisches Wohnquartier. Es fühlte sich trotzdem an wie Freiheit. Zum ersten Mal seit sechseinhalb Jahren durfte ich das Gefängnis für ein paar Stunden verlassen. Ich genoss es, einfach drauflaufzugehen, nicht immer dieselben Strecken innerhalb der Mauern zurückzulegen. Den kurzen Weg zum Bahnhof Regensdorf-Watt schlenderte, schlurfte und schritt ich, wie berauscht von den unterschiedlichen Gangarten. Die S-Bahn brachte mich zurück nach Zürich. Noch nie in meinem Leben war ich so lange weg gewesen, gleich hinter der Stadtgrenze und doch weit, weit fort. Andere verschwanden für ein paar Jahre nach New York oder Berlin, ich verschwand in der Strafanstalt Pöschwies. Auch ein hartes Pflaster, Coolnessfaktor gleich null.

Nach Verbüssung von zwei Dritteln meiner Strafe sollte ich entlassen werden, es blieben nur noch wenige Wochen Gefangenschaft. Schon vor Monaten hätte ich ins Arbeitsexternat wechseln und in die Zweigstelle umziehen dürfen, wo die

Regeln lockerer waren, weil wir Straftäter dort auf ein Leben in der Freiheit vorbereitet wurden. Voraussetzung für den Wechsel war allerdings ein Arbeitsplatz. Den hatte ich nicht. Ich war über fünfzig, vorbestraft, hatte keinen Beruf gelernt und keine besonderen Fähigkeiten. Weil ich Schweizer war, konnte ich nicht ausgeschafft werden. Bisher waren noch keine Abkommen mit Ländern getroffen worden, die unproduktive Elemente im Austausch gegen Fachkräfte oder Entwicklungszuschüsse aufnahmen. War wohl nur noch eine Frage der Zeit, immer mehr Menschen empfanden das Land als überfüllt, mit dem Export der Alten und Abgehalfterten könnte dem entgegengewirkt werden. Noch aber musste einer wie ich eingegliedert werden. In die Gesellschaft, zu der ich schon immer ein gespaltenes Verhältnis hatte. Als Strafgefangener war ich ein Abfallprodukt. Eins mit einem geordneten Leben. Vom Aufstehen bis zum Schlafengehen. Alles zu seiner vorgegebenen Zeit, überwacht von Aufsehern, Werkstattleitern, Ärztinnen, Sozialarbeitern, die sich darum bemühten, aus mir wieder ein nützliches oder zumindest harmloses Mitglied der Gesellschaft zu machen. Eines, das keine anderen Menschen umbringt. Die Chancen standen gut. Ich hatte vorher nie jemanden umgebracht und hatte nicht vor, es wieder zu tun.

In einem Alter, in dem die meisten zufrieden auf das Erreichte zurückblickten, stand ich vor einem Trümmerhaufen. Ich musste noch mal ganz von vorn anfangen. Mir blühte eine Minimalexistenz auf dem Existenzminimum. Statistisch gesehen, hatte ich aufgrund der gestiegenen Lebenserwartung noch ein Vierteljahrhundert vor mir. Vor hundert Jahren wäre ich bereits ein alter Mann gewesen, der getrost den Löffel hätte abgeben können.

Unzählige Bewerbungen hatte ich verschickt, Antwort erhielt ich nur selten. Lag wohl an der Adresse. Oder an mir. Ein paar

Absagen, die eine oder andere sogar persönlich verfasst: «Einem Halunken wie dir geb ich ganz sicher keine Arbeit», schrieb etwa Malermeister H. aus Rümlang, «dann noch lieber einem Moslim oder Ne Afrikaner.»

Arbeit habe er keine, wünsche mir aber alles Gute, schrieb der Inhaber der Handelsfirma Meierhans in Eglisau und legte Prospekte der Zeugen Jehovas bei. Nicht einmal mein Sozialarbeiter, ein bärtiger Mann Mitte dreissig, der sich das Leben auch irgendwie anders vorgestellt hatte, machte mir Hoffnungen. In meinem Alter war es selbst für gut ausgebildete Leute, die im Leben alles richtig gemacht hatten, nicht einfach. Warum sollte ausgerechnet einer wie ich eine Stelle ergattern? Es wäre eigentlich unfair. Das sagte mein Betreuer natürlich nicht. Aber er dachte es. Dachte ich.

Vor zehn Tagen, als ich mir am Getränkeautomaten im Hof eine Cola Zero zog, war mir Peter in den Sinn gekommen. Er hatte Ende der Achtzigerjahre den Getränkehandel seines Onkels übernommen und die illegalen Bars beliefert. Vor fünfundzwanzig Jahren hatte ich für ihn gearbeitet. Peter, ein Punk, ging bei seinen Kunden aus und ein, man kannte sich. *Wo gehts lank, Peter Pank, schönen Dank.* Das muss er zehntausend Mal gehört haben, frei nach dem Lied von Trio, die besser waren als *Da Da Da*. Zwei der drei Mitglieder waren inzwischen gestorben. Der Gitarrist Kralle war von Hamburg nach Sevilla geritten und hatte es damit ins Guinnessbuch der Rekorde geschafft. Ein internationaler Hit und ein Weltrekord. Was will man mehr erreichen im Leben?

Niemand hatte geglaubt, dass Peters Firma überleben würde. Handel galt in alternativen Kreisen als anrüchig, Kapitalismus und so. Ausgenommen waren Bücher, Schallplatten und allenfalls Erzeugnisse von Kleinbauern aus Nicaragua oder Guatemala: scheusslicher Kaffee und kratzende Kleider. Getrunken wurde aber auch in dieser Szene, und das nicht zu knapp. Die Altachtundsechziger und politisch Organisierten tranken Rotwein, die Punks und Chaoten Bier, Wodka und Gin, alles in rauen Mengen. Kleinbrauereien gab es keine, dafür ein Brauereikartell mit festen Preisen, ein Vorteil für Peter, der mit seinem Kleinbetrieb nicht teurer war als die Grosshändler oder brauereieigenen Vertriebe. Die Brauereien besassen die Häuser, in denen sich die Beizen befanden. Sie finanzierten den Wirten die Schankanlage, um sie an sich zu binden. Weil in den Kellerbars an den selbst zusammengezimmerten Tresen nur aus Flaschen getrunken wurde, verfing die Methode nicht. Zudem waren die Betreiber froh, wenn der Lieferant nicht morgens um halb acht vor der Tür stand, sondern nachmittags um halb zwei, und alles mit Bargeld und ohne Papierkram ablief. So florierte Peters kleine Firma im Untergrund. Düsentrieb Getränke, weil Bierflaschen Düsen genannt wurden. Ob Trieb eine Abkürzung für Vertrieb war oder den Trieb bezeichnen sollte, den die Firma befriedigte, wusste ich nicht mehr, obwohl Peter es mir bestimmt hundertmal erklärt hatte.

Wir standen oft zusammen auf Konzerten herum, versorgten uns gegenseitig mit Bier. Peter neigte zu Zwischenrufen, die sich dermassen spezifisch auf die Band und ihr Werk bezogen, dass nicht einmal die Musiker sie verstanden.

Wir waren harte Fans und unterstützten die Bands durch Plattenkäufe und Konzertbesuche, reisten ihnen Hunderte von Kilometern hinterher, sogen ihre Musik und ihre Texte auf, analysierten und diskutierten sie. Aber unsere Liebe wurde selten erwidert. Die Musiker interessierten sich nicht für uns betrunkene junge Männer, die stundenlang über das vierte Wort in der dritten Zeile des zweiten Liedes auf der ersten Platte reden wollten, sondern für die Frauen, die vorne an der Bühne standen und im schlimmsten Fall nicht einmal wussten, wie die Band hiess, sondern einfach gekommen waren, weil sonst nichts los war in Zürich. Sie wurden später in die Garderobe geladen, lernten die Musiker kennen, wie gut, das wollten wir gar nicht wissen. Immerhin etwas hatten sie mit den Bandmitgliedern gemeinsam: kein Interesse an uns. Was Wunder, dass wir so viel Bier trinken mussten.

Biertrinken und Musikhören galten als kultische Handlungen und wurden mit der gebotenen Ernsthaftigkeit zelebriert. Beruf, Beziehung oder Gesundheit waren Nebensache. Das war der Unterschied zwischen uns und den Part Time Punks, den Posern und Mitläufern. Eine derart kompromiss- und sinnlose Haltung ist natürlich der Jugend vorbehalten, später verkommt sie zum Festklammern an einem erkalteten Lebensgefühl.

Beflügelt von meiner Erinnerung, fand ich heraus, dass die Firma Düsentrieb Getränke noch existierte. Ich rief an und fragte nach Peter, den ich mindestens zwölf Jahre lang nicht mehr gesehen hatte. Seine Stimme erkannte ich sofort, auch wenn sie leicht brüchig geworden war.

«Hallo Peter? Ich bin's, Köbi.»

«Jetzt fahr aber ab! Köbi! Was willst du?»

«Ich bin im Knast und brauche einen Job.»

«Komm morgen am Nachmittag vorbei, dann schauen wir, was sich machen lässt.»

Das war die Einladung zum Bewerbungsgespräch, dank der ich nun mit der S-Bahn zum Bahnhof Hardbrücke fuhr. Auf meiner Lieblingsbrücke beschlich mich ein unerwartetes Glücksgefühl. Es war gut, am Leben zu sein. Hatte ich fast vergessen.

Aus dem gemiedenen Betonmonster am Stadtrand war ein pulsierender Verkehrsknotenpunkt im Trendviertel geworden. Hochhäuser ragten auf, die vorher noch nicht da gewesen waren.

Oder hatte ich sie bloss nicht wahrgenommen? Das Achtertram fuhr auf neu verlegten Schienen, für den Veloweg war kein Platz geblieben, er führte mitten durch die Bushaltestelle. Kaum zurück in meiner Stadt, der einzigen auf der Welt, in der Velowege quer durch Gartenbeizen führten, regte ich mich schon auf. Das war Teil ihres Charmes. Heimatliebe bedeutet Hassliebe. Alles andere ist Verklärung.

Ich fuhr nach Altstetten. Zu meiner Zeit war der Düsentrieb noch mitten im Kreis 4 gewesen, wo die Mieten inzwischen unbezahlbar waren.

Die Firma war leicht zu finden, vor einem unscheinbaren Gewerbehaus standen die Transporter mit dem Signet einer grossen blauen Flasche. Im Büro sassen zwei Frauen und ein Mann konzentriert bei der Arbeit. Die Belegschaft stammte aus unterschiedlichen Subkulturen, Ländern und Kontinenten. Auf meine Frage nach Peter wies die junge Frau mit den millimeterkurzen Haaren auf die rechte Tür. Ich klopfte an.

«Herein!»

«Peter!», bemühte ich mich, meinen erschrockenen Gesichtsausdruck wegzugrinsen. Hinter dem Schreibtisch sass ein alter Mann. In seinem Gesicht, das zerflossen war wie ein Teig, der langsam über die Küchentischkante tropft, war keine Wiedersehensfreude zu erkennen. Er trug ein schwarzes T-Shirt mit dem nicht mehr zu entziffernden Namen einer Band. Es spannte sich über einen beeindruckenden Ranzen. Peter hatte das Biertrinken nicht aufgegeben. Dachte ich.

«Jetzt fahr aber ab. Der Köbi. Wie bist du im Knast gelandet? Hast du etwa Hasch verkauft?» Nicht ganz abwegig, hatte ich doch eine Zeit lang mit einem legendären Haschdealer zu tun gehabt. Aber das ist eine andere Geschichte.*

«Nein, ich habe jemanden umgebracht.»

---

* Nachzulesen in «Köbi Santiago»

«Hör auf», staunte Peter. Ich schilderte ihm den Fall, er winkte ab. «In Zürich sind sogar die Junkies arrogant, sie glauben, sie seien Opfer und darum entschuldigt, obwohl die meisten abgestürzte Arschlöcher sind. Mit abgestürzt habe ich kein Problem, aber Arschlöchern ist nicht zu helfen.»

Ich grinste, ohne ihn zu bestätigen oder ihm zu widersprechen. Beides hätte längere Ausführungen nach sich gezogen. Peter gehörte zu den Punks, die lange, bevor die Straight-Edge-Bewegung zu uns herüberschwappte, vehement gegen harte Drogen waren. So wie es Punks gegeben hatte, die vehement dafür waren. Ein paar von ihnen hatten überlebt.

Er strich sich durchs dichte, streichholzkurze, graue Haar, bis es ihm vom Kopf abstand. Sah gut aus, er hatte perfektes Punkerhaar.

«Es wird Sommer, da brauchen wir immer Leute. Warte einen Augenblick.» Er verliess das Büro, ich hörte ihn draussen mit einer der Frauen sprechen. Kurz wurde es laut, dann kam er wieder herein.

«Es gäbe eine Möglichkeit als Fahrer.» Peter stellte sich neben mich. «Vorausgesetzt, du kannst noch anpacken.»

«Ich bin gut im Schuss, ich mache in meiner Zelle täglich Übungen.» Zudem rauchte und trank ich nicht. Die Kondition hatte gelitten, obwohl ich mich hin und wieder auf eines dieser Spinning-Velos setzte, die im Pausenhof standen, und strampelte, als ginge es über den Klausen. Doch mitunter deprimierte mich das Fahren auf einem stationären Velo innerhalb von Mauern, die ich nicht verlassen konnte, von wegen Abstrampeln, Leerlauf und so.

«Mach dir keine Illusionen, es ist ein Scheissjob. Entweder steckst du im Verkehr fest, oder du schleppst Getränkekästen.» Er setzte sich wieder hinter seinen Schreibtisch.

«Ich stecke seit über sechs Jahren fest und schraube Wäscheständer zusammen.»

«Du kannst am Montag anfangen, zuerst fährst du mal mit, damit du siehst, wie das so rappelt bei uns. Es hat sich einiges geändert seit deinem letzten Einsatz. Ausser dem Lohn», grinste Peter. Ich hoffte, dass es ein Witz war. Wir verdienten seinerzeit fünfzehn Franken die Stunde. Allerdings waren die Grundnahrungsmittel damals vergleichsweise günstig gewesen. Die Stange Bier kostete zwei Franken, eine Packung Zigaretten etwa gleich viel.

«Ich brauche einen Arbeitsvertrag.»

Er verzog das Gesicht, als bereute er sein Angebot schon. «Frag Iris.»

Wir erhoben uns, und ich reichte ihm die Hand.

«Danke, Peter. Einen Job zu haben, ist enorm wichtig für mich.»

«Mach mir keine Schande, ich habe mich für dich eingesetzt. Du musst denselben Einsatz leisten wie alle andern. Wir gehen am Feierabend mal ein Bier trinken, und du erzählst mir, was du so getrieben hast die ganze Zeit. Bevor du im Knast warst, meine ich.» Leiser Vorwurf schwang in seiner Rede mit. Wir hatten uns irgendwann aus den Augen verloren

«Machen wir», sagte ich. Natürlich durfte ich kein Bier trinken, es gab Urinkontrollen.

Wie bestellt und nicht abgeholt stand ich im Büro herum. «Wer von euch ist Iris?»

«Das bin ich», rief die Frau, die hinten beim Fenster sass. Sie war etwa vierzig, hatte zahlreiche Ringe in den Ohren, die Haare rostrot gefärbt, aus dem Kragen ihres T-Shirts schaute eine farbige Tätowierung.

«Ich brauche einen Arbeitsvertrag.»

Sie lachte.

«Ich soll am Montag anfangen.» Ich verstand nicht, was es da zu lachen gab.

«Sorry, ich lache nicht über dich. Es ist nur so, dass hier niemand einen Vertrag hat.»

«Ich muss einen haben, sonst darf ich nicht raus. Ich bin im Strafvollzug.»

«Oh, sorry, natürlich, das wusste ich nicht», entschuldigte sie sich. Die anderen beiden, die amüsiert herübergeschaut hatten, machten ernste Gesichter. Nicht, weil sie geschockt waren, im Gegenteil. Wer im Gefängnis war, hatte sich weit vom bürgerlichen Lebensentwurf entfernt, und das galt hier etwas. Zum Glück fragte niemand, warum ich sass. Totschlag, das klingt so grob.

«Irgendwo sollten wir eine Vorlage haben.» Sie schaute auf den Bildschirm, bewegte die Maus. «Ah ja, hier, setz dich doch. Ich brauche deine Personalien.»

Ich nannte ihr Namen, Geburtsdatum, sogar meine AHV-Nummer hatte ich dabei. Sie druckte den Vertrag zweimal aus, wir unterschrieben, und sie drückte einen Stempel darauf.

«Willkommen im Düsentrieb!» Iris steckte den Vertrag in einen Umschlag mit Firmenlogo.

«Peter meint, ich solle in der ersten Woche nur mitfahren.»

«Kannst du um sieben Uhr hier sein? Wir beginnen früh, sonst bleiben die Wagen im Verkehr stecken.»

«Ich werde pünktlich sein!»

Ich genoss meine Freiheit und ging zu Fuss von Altstetten zum Hauptbahnhof zurück, wählte den Weg über Wiedikon. Hier irgendwo wohnte Mia, ich kam an ihrem Haus vorbei und war versucht, zu klingeln. Sie war bestimmt bei der Arbeit. Unsere Beziehung hatte meine Gefangenschaft nicht überlebt. Meine Tat hatte sie geschockt. Sie hatte sich von mir getrennt.

Ich nahm es ihr nicht übel. Ihr Leben ging weiter. Sie lernte jemanden kennen. Eine Zeit lang kam sie mich noch besuchen, später dann nicht mehr.

Als ich im Kreis 4, dem schicken, ehemaligen Arbeiterviertel, angekommen war, überquerte ich eilig die Hohlstrasse, an der es geschehen war. An einer Kreuzung mit vier Bars setzte ich mich an eines der Tischchen. Bierbäuchige Rentner waren unterwegs, die ihre Rente an Frauen weitergaben, die ihnen die Illusion vermittelten, begehrt und beliebt zu sein. Irgendwo lief ein Fussballspiel. Bald würde die Weltmeisterschaft beginnen. Welt- und Europameisterschaften waren im Gefängnis ein grosses Thema. Ich bewunderte den Enthusiasmus, den diese Turniere bei den Leuten alle zwei Jahre aufs Neue auslösten, als gäbe es nichts Aufregenderes. Hier war vier Wochen lang abends mit Konvois und Hupkonzerten zu rechnen. Als Italien 1982 den Finaleinzug schaffte, hatte es die ersten Fanumzüge auf der Langstrasse gegeben. Ob die jungen Secondos, die nach dem Halbfinale gegen Polen durch die Strassen zogen, von Demos inspiriert waren, ist ungewiss. Sie riefen nicht AJZ, wie die Jugendlichen, die ein autonomes Jugendzentrum forderten, sondern: «Boniek, Boniek, vafanculo» und «Rossi, Tardelli e Altobelli». Die Polizei war verwirrt und griff nicht ein. Punks und Bewegte, die im Quartier eine Heimat gefunden hatten, standen am Strassenrand, sympathisierten, gehörten aber nicht dazu. Die Italos waren proper gekleidet und fuhren bunte Ciaos. Sie wohnten schon länger hier, waren überall die Unterhunde, ausser im Fussball. Weil damals sowieso niemand für Deutschland war, brach nach dem Finalsieg spontan ein Fest aus. Acht Jahre später entsprach die Verzögerung zwischen Matchende und Autokonvoi schon ziemlich genau der Zeit, die man brauchte, um von Dietikon nach Zürich zu fahren. Für viele italienische Einwandererkinder bestand der soziale Aufstieg in einer abgeschlossenen kaufmännischen Lehre und einer modernen Unterkunft im Wohnblock mit Tiefgarage und Sitzplatz, und darum hatten sie das Viertel in Richtung Agglomeration verlassen.

Vor der Bar tauschten erwachsene Männer Panini-Bildchen. Ich hoffte, dass die goldlaminierten Alben keine Schadstoffe enthielten, die den Kindern oder der Umwelt schadeten. Es hätte dem Spass ein jähes Ende bereitet. Oder auch nicht.

Am Nebentisch waren Plastikstrohhalme das Thema. Sie waren schlecht, und wer sie benutzte oder auch anbot, in unserer Gesellschaft nicht mehr willkommen, wie die aufgebrachte Mutter der Bedienung klarmachte, die dem mitgeführten Kind ein Röhrli für seine Ingwer-Hibiskus-Limonade entgegengestreckt hatte. Die Mutter war jung, schön, gebräunt, ausgesucht zusammengewürfelt gekleidet, das akkurat gesträhnte Haar verstrubelt, schmuckbehangen. Wie die Leute halt aussahen, die kreativ, aktiv, bewusst, urban, spirituell und ein Gewinn für die Menschheit waren. Sie verbesserten die Welt, bekämpften die Röhrliplage, fuhren das ganze Jahr Velo oder wenigstens Elektrovelo, kauften lokale Produkte und faire Kleider, verzichteten auf Fleisch oder alles Tierische, und dass ein einziger Flug nach Indien, Thailand oder die Seychellen all ihre Bemühungen CO_2-technisch zunichtemachte, war wirklich nicht fair, weil den Winter hier zu verbringen, das war einfach eine Zumutung. Ich hatte nie ganz verstanden, was die Leute gegen den Winter hatten, gegen grauen Himmel und Nieselregen. Wie sonst lernte man, warme Tage zu schätzen?

INNOCENTS
(John Cooper Clarke)

Zurück in der Strafanstalt, setzte ich mich in den Aufenthaltsraum, der dem Essraum gegenüberlag, und las die Zeitung. Vor dem Rauchverbot hatten die Leute hier Karten gespielt, seit man nur noch in seiner Zelle rauchen durfte, blieb jeder für sich. Ob Rauchen oder Einsamkeit die Gesundheit mehr gefährdete, stand auf einem anderen Blatt.

Der schöne Jan kam von der Arbeit und setzte sich zu mir. So wie er aussah, hätte er im Düsentrieb arbeiten können. Als er eingeliefert wurde, trug er ein Dreadlockbürzi, inzwischen hatte er die Haare kurz geschnitten.

«Du kannst heute nicht mehr mit Dreads herumlaufen», hatte er mir erklärt. «Wenn die dominierende Kultur von einer unterdrückten Kultur etwas übernimmt, ist das Cultural Appropriation, kulturelle Aneignung.»

«Wie die Ramones-T-Shirts bei H&M?»

«Ach was, das ist bloss Kommerzialisierung.»

Meiner Ansicht nach sollten weisse Menschen keine Dreads tragen, weil es einfach scheisse aussah. Jan war einer, der sich über alles Gedanken machte. Da sich die meisten Leute überhaupt keine machten, brauchte es solche wie ihn, schon klar. Das Problem war, dass er seine Gedanken auch äusserte.

«Hast du den Job bekommen?», fragte er.

Hier blieb nichts geheim. Wo Langweile herrscht, gedeihen Klatsch und Tratsch, selbst bei den harten Jungs. Zu denen ich nicht gehörte. Zu den harten nicht und zu den Jungs schon gar nicht. Jungs! So nennen sich Familienväter, die ihre Eier gegen einen Kugelgrill eingetauscht haben.

«Mhm.» Ich versuchte, mich auf die Zeitung zu konzentrieren.

«Wie war es draussen?»

«Okay.»

«Du musst etwas für mich tun.»

Ehe ich antworten konnte, legte er einen Umschlag auf den Tisch. «Gib den im Koch-Areal ab.» Das Koch-Areal war besetzt und immer wieder Thema in den Medien. Das Areal gehörte der Stadt und würde irgendwann überbaut werden.

Ich schob den Brief zurück. «So weit kommt es noch.»

«Du arbeitest jetzt im Düsentrieb, die liefern dorthin. Ich will mich erklären, ich war's nicht.»

O weh. Das alte Lied. Jan beteuerte immer wieder seine Unschuld. Er war reingelegt worden. Schon klar. Nirgends gibt es mehr Unschuldige als im Knast. Selbst die, die mit der Tatwaffe in der Hand neben dem Opfer festgenommen worden waren, hielten sich für unschuldig. Sie stritten dann nicht die Tat ab, sondern die Schuld. Die lag beim Opfer. Es hatte provoziert. Vor allem, wenn es sich um eine Frau, meist die eigene, handelte. Diese Rechtfertigung lieferte das Material für zahlreiche Hits, von «Delilah» von Tom Jones bis «Kim» von Eminem.

Andere haderten damit, dass ein einziger Moment in ihrem Leben zur Katastrophe führen konnte. Empfanden es als unfair, dass die Jahre, Tage und Stunden ihres Lebens, in denen sie sich gut benommen hatten, nicht mehr zählten.

«Ich weiss nicht, ob ich da vorbeikomme. Und selbst wenn, wem sollte ich den Brief geben?»

«Egal, irgendwem. Bitte, es ist wichtig!»

Jan war ein lieber Kerl, manchmal kam er mir vor wie ein Kind, obwohl er schon neunundzwanzig Jahre alt war. Rauskommen würde er frühestens in fünfzehn Jahren, falls man ihm das letzte Drittel erlassen würde. Er war ein Mörder, der die Höchststrafe erhalten hatte. Ein spektakulärer Fall. Jans Freundin hatte tot in der Wohnung gelegen, Kehle durchgeschnitten. Die Tatwaffe, ein Rasiermesser, direkt neben ihr, darauf seine Fingerabdrücke und seine DNA.

Während er in U-Haft sass, hatte ein pfiffiger Reporter herausgefunden, dass der Verhaftete früher einmal im Koch-Areal einem Stadtrat ein Bier über den Kopf geschüttet hatte, davon gab es ein Video auf YouTube. Der *Blick* veröffentlichte ein Foto von Jan mit der Überschrift: Das ist die Besetzer-Bestie. Damit war der Fall klar: die schöne Studentin und der böse Anarcho. Politiker und Journalisten nahmen die Tat zum Anlass, gegen das Areal zu schiessen, die dort verortete Gesetzlosigkeit anzuprangern, den Mord als Folge falscher Toleranz mit Gewalttätern zu brandmarken. Die Besetzer distanzierten sich in einem Statement von Jan, nicht wegen des medialen Drucks, sondern weil sie keine Gewalt gegen Frauen tolerierten. Es wurde ausser in der *WoZ* nirgends abgedruckt.

Jan hatte während des gesamten Prozesses geschwiegen und sich damit nicht beliebt gemacht. Der Staatsanwalt bezeichnete ihn als kalt und reuelos, was so gar nicht zu dem jungen Mann passen wollte, der neben mir sass.

Was nichts heissen wollte. Hier gab es Männer, deren Brutalität und Kälte spürbar waren, es gab die Schleimer und

Schmeichler, die ihre Opfer einlullten, ehe sie zuschlugen, und es gab unauffällige, höfliche, nette Männer, die mal jemanden umgebracht hatten. So wie ich.

Daneben gab es die Berufskriminellen, die nie auf legale Weise Geld verdient hatten und das auch in Zukunft nicht vorhatten. Sie lagen lieber stundenlang in der Zelle, als in der Werkstatt zu arbeiten. Sie gingen hoch konzentriert auf die Jagd nach Beute und versanken danach wieder in Lethargie, bis sich die nächste Gelegenheit bot oder die Geldknappheit sie antrieb.

Im Gefängnis bildeten sich die Gruppen nach Nationalität und Sprache. Einige der Männer, die ich drei Mal am Tag zu den Mahlzeiten sah, grüsste ich kaum, andere waren wie Nachbarn in einem Wohnblock, man plauderte, man half sich aus, blieb aber für sich. Freunde hatte ich hier keine.

Schweizer waren im Gefängnis eine Minderheit, Leute mit einem im weitesten Sinne als alternativ zu bezeichnenden Hintergrund waren so selten, dass sie unter Artenschutz standen. Seit sie dem bewaffneten Kampf abgeschworen hatten, landeten kaum noch Linke im Knast. Früher stammten allenfalls noch ein paar einheimische Haschdealer aus dieser Ecke, heute waren neben den internationalen Banden eher rechte Rocker oder neoliberale Gewinnmaximierer im Geschäft. Ich war der Einzige, der die Welt, aus der Jan stammte, ein wenig kannte, der wie er im Kreis 4 gelebt hatte.

In den ersten Wochen im Knast gab sich Jan als harter Kerl. Er war trainiert, hatte Erfahrung im Strassenkampf, war an den sporadischen Umzügen durch die Stadt beteiligt. Millionenschäden waren dabei entstanden, wie vor ein paar Jahren an der Europa-Allee. Demos gegen das WEF, die G-Irgendwas. Er gehörte zu jenen, die sich bereithielten, wenn Skinheads oder Fussballfans in der Stadt waren und ein Angriff auf ein besetztes Haus drohte. Er wollte den Kampf im Knast weiterführen. Seine Versuche, Berufskriminelle von ihrer Opferrolle zu überzeugen, brachten ihm allerdings Schläge ein. «Opfer» war für sie eine Beleidigung. Weil er Veganer war, im Gefängnis aber nur die Varianten Vollkost, Vegetarisch und Moslem angeboten wurden, begann er einen Hungerstreik, für den er statt Respekt Spott erntete.

Er schob mir den Brief über den Tisch.

«Nein.»

«Bitte.»

Ich steckte den Brief ein. Um Ruhe zu haben.

«Versprechen kann ich nichts. Ich bin doch kein Pöstler.»

Ehe er mir danken konnte, stand ich auf. Ich ging in meine Zelle im ersten Stock zurück und wollte den Brief gleich wegschmeissen.

DUMB
(Nirvana)

Ich hätte in die Zweigstelle umziehen müssen, aber weil niemand damit gerechnet hatte, dass ich die Stelle so schnell antreten könnte, kam es zu einer administrativen Verzögerung. Um rechtzeitig bei der Arbeit zu sein, verliess ich die Strafanstalt kurz nach Zellenaufschluss um 6.15 Uhr. Wie immer war ich schon eine Stunde wach, um meine Übungen zu machen. Das Frühstück, das bis sieben Uhr gereicht wurde, verpasste ich. Von meinem Freikonto hatte ich Bargeld bezogen, ich würde mir unterwegs etwas kaufen. Pro Arbeitstag verdiente ich knapp 25 Franken, nach den Abzügen wurden 19.50 ausbezahlt. Wer nicht rauchte, kam damit durch. Fast alle rauchten. Ich hätte eine Ausbildung machen können, aber die angebotenen handwerklichen Lehrberufe waren nichts für mich. Was hätte ich inzwischen fünfzig Jahre alt, als Schreiner ohne Berufserfahrung für Aussichten gehabt. Keine. So war ich bei der Wäscheständer-Montage gelandet. Ich würde mich bis zur AHV-Rente durchmogeln müssen, finanziell und überhaupt.

Die Verbindungen des öffentlichen Verkehrs waren so gut, dass ich zehn Minuten zu früh im Düsentrieb ankam. Iris zeigte mir meinen Spind, und ich durfte mir Arbeitskleidung aussuchen. Es gab blaue Hosen, bedruckte T-Shirts mit unterschiedlichen Motiven. Für die Kapuzenpullis und Jacken war es zu warm. Arbeitskleider zu tragen, war freiwillig, ich zog sie gerne an, endlich mal was anderes als das, was ich die letzten Jahre angehabt hatte.

Ein Mann Ende zwanzig kam auf mich zu. Er war bärtig, aber nicht auf Hipster-Art. Seine braunen Locken waren unter einer verwaschenen grünen Stoffmütze verborgen. Er trug abgeschnittene Armeehosen, Kampfstiefel, ein ärmelloses T-Shirt mit weissem Aufdruck, den ich nicht entziffern konnte, vielleicht der Hinweis auf eine Band oder ein Festival, oder irgendein Slogan. Seine kräftigen Arme waren einfarbig tätowiert.

«Köbi?»

«Das bin ich.»

«Du fährst mit mir.» Nicht gerade begeistert streckte er die Hand aus.

«Ich bin der Kurt.» Sein Händedruck war kräftig. Fast zu kräftig. Händeschütteln ist immer ein Kräftemessen.

«Kurt?», fragte ich. Er war zu jung für einen Kurt. Für mich war das ein altmodischer Name: Kurt Furgler, Kurt Felix, Kurt Waldheim.

«Eigentlich ‹Cört› wie in Cobain, ich bin 1992 geboren, meine Mutter war ein grosser Fan von ihm.» Er zeigte auf einen der Lastwagen. «Wir nehmen den Aufleger da drüben.»

Ich folgte ihm über den Hof, kletterte in die Fahrerkabine. Der Anhänger war elend lang. Ich hoffte, dass ich später nicht auch so ein Ungetüm lenken musste. Kurt steuerte das Fahrzeug elegant vom Hof.

«Ich habe Nirvana mal in der Roten Fabrik im Clubraum gesehen, vor etwa dreihundert Leuten. Danach hab ich mir die erste

Single von der ganzen Band signieren lassen.» Ich wollte ein wenig Konversation betreiben und mich gleichzeitig etwas angeberisch als Punkveteranen ausweisen. Wobei Nirvana Grunge waren.

«Die muss inzwischen ein Vermögen wert sein», sagte Kurt, ohne mich anzusehen.

«Ich habe sie auf dem Heimweg im Taxi liegen lassen.» Wahre Geschichte.

«Schön blöd!» Kurt schüttelte den Kopf. «Ich persönlich steh nicht auf Nirvana. Darum nenne ich mich auch Kurt.»

«Peter war übrigens auch dabei.»

«Hat er mir erzählt, hundertmal.»

Kurt wollte offenbar keine alten Räuberpistolen hören, also hielt ich die Klappe. Das ist die Krux am Altwerden. Endlich verfügt man über ein Repertoire an Anekdoten aus seinem Leben, und schon will sie niemand mehr hören.

Als Erstes belieferten wir die Kantine eines Ateliergebäudes. Es gab einen Warenlift, die Arbeit war nicht schwierig. Kurt wies mich mit knappen Worten an, die Harasse an den richtigen Ort zu stellen und das Leergut zu zählen.

«Warum bist du im Knast?», fragte Kurt, als wir wieder unterwegs waren.

«Totschlag.»

«Was hast du gemacht?»

«Jemanden totgeschlagen.»

Kurt schüttelte sich, als hätte er einen abgestandenen Schluck Bier mit Schimmelpilz erwischt. «Find ich nicht lustig. Ich bin gegen Gewalt.»

«Es war ja auch Gegengewalt.»

Der Scherz kam nicht gut an. Kurt war zu jung für diese Argumentation, mit dem die bewaffnete Linke ihre Taten gerechtfertigt hatte, um das Dilemma zwischen der traditionell pazifistischen Gesinnung der Arbeiterbewegung und dem Heldenstatus, den Kämpfer oder noch besser, Kämpferinnen, in diesen Kreisen genossen, aufzulösen. Die Beziehung zur Gewalt war schon kompliziert gewesen, bevor es den entsprechenden Facebook-Status gegeben hatte.

«Es gibt eine Menge Leute, die einen Job brauchen. Migranten, deren einziges Verbrechen darin besteht, im falschen Land geboren worden zu sein.» Kurt bremste bei der Ampel etwas zu scharf. Ich flog in die Sicherheitsgurte und verschluckte meine Antwort.

Nach zwei weiteren Lieferungen kehrten wir ins Lager zurück.

«Viertelstunde Pause!», sagte Kurt, als wir aus dem Auto stiegen. Im Aufenthaltsraum standen ein Tisch, Stühle, Sofas, ein Kühlschrank und eine Kaffeemaschine. Ich stellte mich den Leuten vor, die hier gerade Pause machten. Wechselte ein paar Worte auf Spanisch, ich war in Übung, im Gefängnis gab es ein paar Südamerikaner und Spanier, mit denen ich Konversation betrieb. Ich setzte mich neben Iris, weil sie die Einzige war, mit der ich schon zu tun gehabt hatte. Sie wies mit dem Daumen auf Peters Bürotür.

«War er eigentlich schon immer so launisch?», fragte sie.

War er das? Peter hatte früher gerne Theorien vertreten, denen niemand folgen konnte, so wie die mit den Junkies, die er bei meiner Einstellung zum Besten gegeben hatte. Während die meisten Leute irgendwann davonliefen, machte ich mir einen Spass daraus, seine Theorien mit unhaltbaren Argumenten zu durchlöchern. Es war kein intellektuelles Kräftemessen, sondern ein Vorwand zum Reden und Trinken. Wir gingen nicht gern heim, fürchteten das Tageslicht wie die Vampire, lebten in einer abgeschlossenen Welt, einer Bubble, wie man heute sagen würde, und das ganz ohne Internet. Die normalen Leute mit ihren normalen Arbeitszeiten, ihren normalen Wohnungen, ihren normalen Familien, sie hätten ebenso gut auf einem anderen Planeten leben können. Wir hausten in Bruchbuden im Kreis 4 oder fünf. Genossenschaften vermieteten damals nicht an WGs, an Punks, Hippies und Chaoten schon gar nicht. Wir lebten in der Nacht und kauften kurz vor Ladenschluss ein. Wir verdienten unser Geld mit Gelegenheitsjobs oder in der Schattenindustrie und gaben es für Alkohol, Konzerte und Platten aus, viel mehr brauchten wir nicht. Dank der Arbeiterbewegung galt Bier als Grundnahrungsmittel und war, im Gegensatz zu Wein, von der zwölfprozentigen Warenumsatzsteuer befreit. Am Rande der Gesellschaft lebte es sich damals günstig. Zumindest in meiner Erinnerung war es so, doch Erinnerungen sind unzuverlässig, besonders wenn Alkohol im Spiel ist. Was war wirklich geschehen in den tausend Stunden zwischen halb elf Uhr nachts und halb vier Uhr morgens, die sich einfach in nichts aufgelöst hatten? Nicht viel, höchstwahrscheinlich.

Peter hatte in verschiedenen Bands Bass gespielt. Sobald die Band sich einen Ruf erspielt hatte, kam es zum Streit, und sie lösten sich auf. Oh, die Legionen hoffnungsvollen Zürcher Bands, die es ernst meinten und kurz vor dem Durchbruch standen, sogar international. Gerade mal eine Handvoll hat es in den letzten dreissig Jahren geschafft. Trotz Popkredit, trotz Übungsräumen, obwohl man sich hier gute Instrumente und Verstärker leisten konnte. Rock'n'Roll lernte man eben nicht in einem Fachhochschulkurs. Die erfolgreichsten Musiker der Schweiz kamen aus Bern oder der Ostschweiz. Zürich war ein schwarzes Loch, das Kreativität absaugte und in Wirtschaftsleistung verwandelte.

«Launisch? Ich würde eher sagen, unmöglich», beantworte ich endlich die Frage von Iris. «Ehrlich gesagt, wundert es mich, dass die Firma überlebt hat.»

Ihre Augen gingen zur Bürotür.

«Niemand weiss, was er den ganzen Tag macht. Er zahlt sich seit ewigen Zeiten denselben Lohn, den Laden schmeissen schon lange wir, die Leute, die hier arbeiten. Der Betrieb ist selbst verwaltet. Ich glaube, er kommt nur zur Arbeit, um nicht zu Hause rumzuhocken, lieber hockt er hier in seinem Büro. Er hätte das Geschäft schon ein paar Mal für viel Geld verkaufen können. Doch er weiss, dass sich so ein Betrieb nicht in ein anderes Unternehmen integrieren lässt und über kurz oder lang alle Mitarbeitenden entlassen werden würden. Peter hängt an seiner Bude, und auch wenn er es nie zugeben würde, an seiner Belegschaft.»

«Da habe ich ja Glück mit meinem neuen Chef.»

Iris legte mir die Hand auf die Schulter. «Peter hat bei deiner Anstellung ein Machtwort gesprochen, das kommt nicht bei allen gut an. Normalerweise besprechen wir das untereinander, aber gut, für den Sommer brauchen wir ohnehin Leute. Ich muss dich warnen, zwischendurch hat Peter seine Aussetzer, findet, dass wir alles falsch machen. Irgendjemand kriegt dann seinen Zorn ab, mitunter völlig willkürlich.» Sie lehnte sich zurück und hob eine imaginäre Flasche an die Lippen. «Die Person wird fristlos entlassen und davongejagt. Sollte es dich eines Tages treffen, mach dir keine Sorgen deswegen. Bleib einfach ein paar Tage weg und komm dann wieder, als sei nichts gewesen. Das machen wir alle so. Er ist eben launisch.»

«Oder unmöglich.»

Kurt betrat den Aufenthaltsraum. «Wir müssen!»

Mit einer neuen Ladung fuhren wir die Langstrasse hinunter und kreuzten die Hohlstrasse. Zum Glück sass Kurt neben mir und verdeckte mir die Sicht, sonst hätte ich den Ort gesehen, an dem es passiert war. Dort, auf der linken Seite, zwischen den

Schulhäusern. Ich schaute aus dem Beifahrerfenster. Der Eurocoop war noch da, weiter hinten der Schuhladen und der Biergarten. Je näher wir der Unterführung kamen, desto weniger von den Gaststätten und Läden kannte ich. Alles war neu hier. Hitler hatte ein vegetarisches Restaurant eröffnet. Die Docks im Kreis 5, vor knapp zwanzig Jahren ein Symbol des Aufbruchs, wirkten jetzt schon alt und müde. Bestimmt wehrten sich die Bewohner, damals als Yuppie-Abschaum angefeindet, inzwischen selbst gegen die Gentrifizierung des Quartiers.

Wir gerieten in den Feierabendstau, und ich kam erst um sieben Uhr wieder in der Anstalt an, das Abendessen hatte ich verpasst und musste mit den Vorräten in meiner Zelle vorliebnehmen. Im Volk war die Vorstellung weitverbreitet, der Aufenthalt in der Strafanstalt sei mit dem im Hotel zu vergleichen. Was nicht für die Hotellerie sprach. Sykdog696 schrieb in seiner Google-Rezension: «Es war ein schöner Aufenthalt in Pöschwies. Drei Jahre lang ein Service mit all inclusive. Essen, Übernachtung und Animation. Das Zimmer war sauber und in gutem Zustand. Ich gebe aber nur 4 Sterne, da ein Balkon gefehlt hat. Auch Alkohol war in diesem Etablissement eher Mangelware.» Die Justizvollzugsanstalt erreichte 3,5 von 5 Sternen, das Flughafengefängnis 3,7. Witzbolde.

Am Dienstagmorgen kam mir der Brief von Jan in den Sinn, und ich beschloss, ihn mitzunehmen. Weil es nicht üblich war, dass Gefangene die Anstalt verliessen, musste ich diesmal vor dem misstrauischen Beamten, der die Zugangsschleuse bewachte, die Taschen leeren. Den Brief zog er ein. Direkte Kontakte zur Aussenwelt waren verboten, abgesehen vom Anstaltstelefon, bei dem die Gespräche aufgezeichnet wurden. Briefe mussten über die Anstaltspost versandt werden. Sie wurden gelesen und zensiert, ehe sie das Haus verlassen durften. Ich war ein Idiot. Zumindest lesen hätte ich ihn sollen, bevor ich ihn rauszuschmuggeln versuchte. Blieb nur die Hoffnung, dass der Inhalt harmlos war und nicht dazu führte, dass man mir die Erlaubnis entzog, weiter auswärts zu arbeiten. Nach nur einem Tag, das wäre bitter gewesen. Bitterer wäre nur, wenn ich das letzte Drittel Strafreduktion nicht mehr bekäme.

Tatsächlich fuhren wir an dem Tag zum Koch-Areal hinaus. Das Gelände heimelte mich an. Der Besetzerstil hatte sich nicht gross verändert, was eigentlich verwunderlich war. Von der Hardbrücke aus hatte ich ein Gelände gesehen, das wie ein besetztes Areal aussah, aber ein kommerziell ausgerichtetes Unternehmen war. Die Zeiten waren verwirrend, nur weil jemand barfuss ging, zerrissene Kampfhosen trug und eine wilde Frisur hatte, hiess das schon lange nicht mehr, dass die Person irgendwie links oder gar autonom war. Es konnte sich um den Besitzer einer Marketingagentur oder die Betreiberin eines Modelabels mit stramm neoliberaler Einstellung handeln.

Im Hof des Koch-Areals standen Wohnwagen und Busse, der Konzertraum roch nach abgestandenem Rauch und erinnerte mich an die unzähligen Nächte, die ich in solchen Räumen verbracht hatte. In der Wohlgroth, Ambiance, Ego-City, Hohl-, Bäcker-, Zweierstrasse und wie sie alle geheissen hatten, die Kellerbars, die weder über Lüftung noch Notausgang noch Dezibelgrenze oder eine Obergrenze für Besucher verfügten. In denen alle rauchten, unter anderem Zigaretten. Dass in jenen Kindertagen des Zürcher Nachtlebens nie Panik oder gar ein Brand ausgebrochen war, war mehr als Glück. Das Glück der Untüchtigen.

Ich konnte nur hoffen, dass sich die Jugend in ihren voll klimatisierten, sicherheitsbediensteten und gehörfreundlichen Clubs ebenso gut amüsierte wie wir in unseren Löchern. Die Bedeutung der Jugendbewegung für die Entwicklung Zürichs zur Partymetropole wurde inzwischen an der Schule gelehrt. Die Achtzigerbewegung war also nichts weiter als eine erfolgreiche Wirtschaftsförderungsmassnahme gewesen, ihr grösstes Verdienst die Schaffung von Arbeitsplätzen in der Gastronomie. Wir hatten den Weg geebnet für Event-Manager. Nichts, worauf man hätte stolz sein können. Gewonnen hatten wie immer die anderen.

Während Kurt in der grossen Küche Kaffee trank, verstaute ich das Leergut. Einen Moment überlegte ich, ob ich die etwa dreissigjährige Frau, die mit ihm am Tisch sass, auf Jan ansprechen sollte. Ich liess es bleiben. Auf der Rückfahrt versuchte ich, ihn über die aktuelle Besetzerszene auszuhorchen. Er antwortete einsilbig. Vielleicht mochte er mich nicht. Oder war er nur einer jener unsicheren Männer, die glaubten, dass man ihnen die harte Schale abnahm?

Nach meiner Rückkehr in die Anstalt wurde ich ins Büro von Direktor Bütikofer gebracht. Ich hoffte, dass er nicht eigens wegen mir Überstunden machte. Ich zumindest wäre auf die Person, der ich das zu verdanken hätte, nicht gut zu sprechen gewesen. Der Direktor begrüsste mich derart dynamisch, dass mir schnell klar war, dass er zu der Sorte Mensch gehörte, die gerne Überstunden machte. Er war seit etwa drei Jahren im Amt. Ein Macher, der die Öffentlichkeit suchte. Bütikofer bat mich, Platz zu nehmen, und blätterte in meiner Akte.

«Herr Robert, wie gefällt Ihnen die neue Stelle? Wird das etwas? Sind Sie motiviert?»

«Selbstverständlich, es läuft ausserordentlich gut», machte ich Schönwetter.

Der Direktor zog ein Papier aus der Akte. «Es wäre schade, wenn wir die Übung wegen so einem Blödsinn abbrechen müssten, nicht wahr?»

Er schob das Blatt über den Tisch zu mir hinüber.

«Liebe Leute», stand da in grossen Buchstaben mit schwarzem Filzstift geschrieben. «Ich war es nicht. Tam ist die grüne Fee, sie ist dem Sonnenkönig gefährlich geworden, und er hat sie beseitigt. Es gibt Beweise, ihr müsst sie finden! Bitte helft mir! Love, Justice and Unity. J.» Dazu ein schwarzer Stern.

«Für wen war der Brief bestimmt?»

Ich wunderte mich, dass er nicht fragte, von wem er war. Bütikofer drehte das Papier um. Jan hatte seinen Namen und die Postadresse der Anstalt hintendrauf geschrieben. «Ich freue mich über jedes Lebenszeichen!» Was für ein Trottel.

«Für niemand Bestimmten. Ich sollte ihn im Koch-Areal abgeben.»

«Haben Sie das vorgehabt?»

«Nicht wirklich.»

Er drehte das Blatt wieder um.

«Was hat das zu bedeuten?»

«Dass er reingelegt wurde. Das erzählt er immer wieder, ich höre schon gar nicht mehr hin.»

Bütikofer schaute mir in die Augen und verschränkte die Finger.

«Herr Robert. Sie sind auf einem guten Weg. Denken Sie daran, was auf dem Spiel steht: Ihre Arbeit, im schlimmsten Fall Ihr Drittel. Das bekommen Sie nur bei tadelloser Führung.» Er blätterte wieder in meiner Akte. «Drei Jahre und vier Monate sind in Ihrem Alter eine lange Zeit.»

«Ich habe es einfach nicht übers Herz gebracht, den Brief wegzuwerfen. Das war ein Fehler. Ausgeliefert hätte ich ihn ohnehin nicht. Jan ist bei den Besetzern nicht gerade beliebt. Ich will keinen Ärger, weder hier drinnen noch draussen.»

Er nahm das Papier zur Hand. «Codierte Nachrichten haben wir nicht gern. Dieser Brief hätte die Zensur nicht passiert.»

«Er hätte ihn doch gar nicht verschicken können. Wie auch? An die Besetzer, Koch-Areal? Die Post hätte den Brief als unzustellbar retourniert. Der junge Mann ist ganz einfach verzweifelt. Ich wollte ihm bloss eine Freude machen, damit er nicht die Hoffnung verliert.»

«Sind Sie ganz sicher, dass es keine verschlüsselte Botschaft ist?»

«Absinth wird auch die grüne Fee genannt. Ich glaube kaum, dass der gemeint ist.» Ich erinnerte mich an die Geschichte von dem Wirt im Jura, der dem damaligen französischen Staatspräsidenten Mitterand ein «Sorbet à la fée verte» serviert hatte. Darauf wurde er angeklagt, und als er beweisen konnte, dass das Sorbet keinen – damals verbotenen – Absinth enthielt, bekam er eine Busse wegen Falschdeklaration der Speise. Vor Gericht kann man nicht gewinnen.

Bütikofer legte die Handflächen auf die Tischplatte und erhob sich. «Nun gut. Ich will ein Auge zudrücken. Wenn Sie den Brief nicht ausliefern wollten, handelt es sich um einen persönlichen Gegenstand, nicht um verbotene Post. Ich vertraue Ihnen, Herr Robert, ich bin überzeugt, dass Sie dieses Vertrauen nicht missbrauchen werden.» Das war typisch Bütikofer. Eigenverantwortung und so. «Herr Grenacher hingegen ...» Betrübt wiegte er den Kopf.

«Was passiert mit Jan?» Ich fühlte mich mies, als hätte ich ihn verraten.

«Vierzehn Tage scharfer Arrest.» Das hiess, dass er die nächsten zwei Wochen 23 Stunden am Tag in der Zelle eingeschlossen blieb. Der Junge war ein Trottel, hatte aber auch Pech.

«Morgen ziehen Sie um, wir haben Ihren Arbeitgeber informiert.» Ich fragte mich, wer im Düsentrieb das Telefonat entgegengenommen hatte – und sich dabei gedacht haben mag.

«Danke, Herr Direktor», sagte ich und erhob mich. Bütikofer drückte mir die Hand. «Ich hoffe, dass wir uns erst am Tag Ihrer Entlassung wiedersehen, Herr Robert.»

Wieder hatte ich das Abendessen verpasst. Beim Frühstück, das wie alle Mahlzeiten unten im Essraum eingenommen wurde, verabschiedete ich mich von den Leuten, die mit mir im selben Pavillon wohnten. Einige waren schon seit Jahren da, manche mochte ich sehr, andere weniger. Ich würde sie nicht mehr sehen, wahrscheinlich nie mehr im Leben. In der Zelle packte ich meine Habseligkeiten in eine Plastikkiste, meine abgewetzte Turnmatte, die Kleider, Briefe, Bücher, CDs und DVDs. Internet gab es keins, der Fernseher war mit einem Server verbunden, sodass man ihn als Computermonitor verwenden konnte. Er blieb hier. Die kleine Musikanlage hingegen gehörte mir und kam mit.

Kurz vor zehn Uhr wurde ich abgeholt, über die Tiefgarage verliessen wir die Strafanstalt. Ich bezog eine Zelle in der Zweigstelle, dem Haus Lägern, das gleich beim Bahnhof lag. Hier musste ich nur die Nächte, Wochenenden und meinen freien Tag verbringen. Bald wäre ich frei.

THIS IS A COLLECTIVE
(Consolidated)

Noch nie bin ich so gern zur Arbeit gegangen. Obwohl genau das eintrat, was Peter prophezeit hatte, Schleppen und im Verkehr stecken bleiben. Kurt sprach nur das Nötigste mit mir. Wann immer die Gefahr bestand, dass sich ein Gespräch entwickeln könnte, widmete er sich seinem Handy. Im Auto war es an einer Halterung befestigt und lieferte die Musik. Schneller, harter Techno. Gar nicht gewusst, dass es das noch gab. Es gab wohl auch noch Raves und Goa-Partys und all so was. Selbst die obskursten Musik- und Lebensstile lebten in irgendeiner Nische fort. Nichts verschwand, vom Lindy Hop über Tango, zu Prog Rock, Nietenpunk oder Gabber, jede nur denkbare Musikform blieb bestehen, hatte Anhänger, wurde gepflegt in verschworenen Gemeinschaften, die international vernetzt waren. Parallelgesellschaften mit eigenem Kleider- und Verhaltenskodex.

«Fährst du wieder die Tour ins Koch-Areal?», fragte ich Kurt am Freitag, weil ich ein schlechtes Gewissen hatte. Ich wollte Jans Botschaft überbringen. Vielleicht wusste jemand, was sie bedeutete. Jedenfalls wollte ich nicht derjenige sein, bei dem sie versandete.

«Möglich.»

«Kennst du die Leute dort?»

«Ein paar.»

«Ich habe eine Nachricht für sie.»

«Für wen genau?»

«Ich weiss es nicht. Jan hat mir einen Brief mitgegeben, der abgefangen wurde. Den Inhalt kenne ich auswendig.»

«Jan? Ich glaube nicht, dass jemand etwas von dem Arsch wissen will.»

«Kannst du es nicht versuchen. Vielleicht interessiert es ja doch wen?»

«Mal sehen.»

In den Pausen sah ich jeden Tag neue Gesichter, alle arbeiteten Teilzeit. Ich setzte mich neben Iris, Peter kam aus seinem Büro und setzte sich zu uns. Einen Moment verstummten die Gespräche, wie in der Schule, wenn sich der Lehrer beim Mittagessen zu den Schülern an den Tisch setzt.

«Chef», sagte ich, ganz der Musterschüler, «willst du einen Kaffee?»

«Creme, kein Zucker.»

Ich holte ihm den Kaffee vom Automaten, die Gespräche kamen langsam wieder in Gang.

«Weisst du noch, wie uns einmal im Feierabendverkehr auf der Hardbrücke zehn Kisten Bier auf die Fahrbahn geflogen sind, weil wir vergessen hatten, den Transporter zu schließen? Alles voller Scherben, kein Besen weit und breit. Wir sind abgehauen und haben einen mittleren Verkehrskollaps verursacht.»

Wir kamen ein wenig ins Reminiszieren, es war, als stünden wir wieder nebeneinander an der Bar. Ich fragte mich, warum wir uns, lange bevor ich ins Gefängnis kam, aus den Augen verloren hatten. Waren wir nicht Freunde gewesen? Schwer zu sagen. Wir hatten einander nicht zu Hause besucht.

Ausländer wundern sich oft darüber, dass sie von Schweizern nicht nach Hause eingeladen werden. Sie vermuten, dass sie nicht wirklich akzeptiert werden, trotz aller Freundlichkeit. Doch viele Schweizer laden grundsätzlich keine Leute zu sich nach Hause ein. Die Wohnung ist ein Rückzugs-, kein Begegnungsort. Auch ich hielt es so. Wenn ich eine Wohnung hatte. Wollte ich jemanden treffen, verabredete ich mich in einem Café oder einer Bar. Zu Leuten heim ging ich höchstens, um sie abzuholen, oder, als es noch eine Polizeistunde gab, um weiterzutrinken. In meiner Kindheit war das Wohnzimmer, mit der Wohnwand und der Polstergruppe, das Kernstück der Wohnung. In dieses wurden bestenfalls die Nachbarinnen zum Zvieri eingeladen, während die Väter bei der Arbeit waren. Väter waren seltsame, unbekannte Wesen, denen man besser aus dem Weg ging, denn sie wollten nicht gestört werden. Als störend galt so ziemlich alles, was Kinder taten. Anwesend sein zum Beispiel. Das Höchste, was wir von den Eltern erwarten konnten, war das Ausbleiben von Tadel, die Tolerierung unseres Verhaltens, die Duldung unserer Existenz. Gelobt wurde nicht, dankbar mussten wir sein, und wehe, jemand fragte, wofür.

Am Montag bekam ich zu meiner Erleichterung einen kleinen Lieferwagen, mit dem ich allein unterwegs sein würde. Ich machte Haus- und Bürolieferungen, je drei bis acht Kisten, oft musste ich den ganzen Tag nicht mehr ins Lager zurück, die Disponenten stellten die Routen möglichst effizient zusammen. Als ich denselben Job vor fünfundzwanzig Jahren gemacht hatte, glaubte ich natürlich, dass ich irgendwie, irgendwo, irgendwann mal etwas Richtiges arbeiten könnte, etwas finden würde, in dem ich gut war, das ich gerne machte. Ermittler war ich geworden. Mein kleines Büro hatte es nicht lange gegeben. Das Schild, das ich damals an die Tür gehängt hatte, lag bei Mia im Keller.

Vielleicht war das Ausliefern von Getränken meine Bestimmung. Ich genoss das Unterwegssein, und es fiel mir von Tag zu Tag schwerer, abends ins Gefängnis zurückzukehren. Seit ich tagsüber frei war, bedrückte mich das Eingesperrtsein am Abend und am Wochenende umso mehr, auch wenn die Regeln in der Zweigstelle viel lockerer waren. Sogar Handy und Laptops waren erlaubt. Ich hatte mein altes iPhone 3 zurückbekommen, das aber nicht mehr funktionierte, der Akku war tot.

Schon bald würde ich endgültig entlassen werden. Was mir noch fehlte, war eine Wohnung. Die in Zürich zu finden, war schwierig bis unmöglich. Die Anstaltsleitung unterstützte mich, doch bei meinem Budget waren die Möglichkeiten begrenzt. Ich besichtigte am Feierabend Appartements mit gemeinsamer Küchen- und Badbenutzung. Sie wirkten trostlos, und so war ich nicht allzu enttäuscht, wenn ich eine Absage bekam. Ein Vermieter sagte mir, dass er nicht an Schweizer vermiete, weil die sich zu viel beschwerten. Beim Abkassieren wurden Ausländer bevorzugt.

Ich schleppte eine Auswahl Gazosa, Mineralwasser und Vivi Kola in ein Büro im dritten Stock hinauf, Wiedikon, Altbau ohne Lift. Der Frühlingstag fühlte sich schon nach Sommer an, ich schwitzte. Die Hitze, die ich früher gehasst hatte, machte mir nichts mehr aus. Was zählte, war, dass ich mich frei bewegen konnte. Die körperliche Anstrengung tat mir gut. Ich arbeitete vielleicht etwas langsamer als jüngere Kollegen, dafür stetig. Kurt hatte, vor allem wenn er an Frauen lieferte, wahre Kraftakte vollbracht, Bierkästen und Fässer jongliert, damit die Zeit für den angebotenen Espresso und einen Flirt reichte.

«Hier, das ist für dich!» Jemand tippte mir auf die Schulter, während ich den Leergutzettel ausfüllte. Ich drehte mich um. Vor mir stand ein Mann von Mitte fünfzig, dünn und sehnig, das graue Haar kurz geschnitten. Lächelnd streckte er mir eine Zehnernote entgegen. Jetzt wusste er nicht, wohin damit. Ich nahm dem Mann, der mich erstaunt und erschrocken anschaute, die Entscheidung ab und steckte das Geld ein.

»Köbi? Bist du's? Erinnerst du dich nicht an mich? Ich bin es, Greg.«

Ich kannte ihn, aber woher? «Greg ... Natürlich erinnere ich mich.» Gelogen. «Was machst du hier?» Etwas Besseres fiel mir nicht ein.

«Das ist meine kleine Firma.» Er zuckte verlegen mit den Schultern, als habe er sie zufällig auf der Strasse gefunden und hänge nicht gross daran. «Willst du einen Kaffee?»

Er musterte mich. «Oder ein Bier?», fragte er mit der Leichtfertigkeit dessen, der nie wirklich gesoffen hat und aus Solidarität, damit sich der Alkoholiker nicht schlecht fühlt, nachmittags um drei gleich eins mittrinken würde, als sei das ganz normal.

«Lieber ein Heidelbeer-Gazosa», sagte ich. Wenn ich das Gesöff schon heraufschleppte, konnte ich es auch hinunterstürzen.

Greg holte das Fläschchen aus dem Kühlschrank, liess sich einen Espresso aus der Jura-Kaffeemaschine und bat mich in sein Büro. Für ein Chefbüro war es nicht gross, hohe Decken, Parkettboden, Bücher und Ordner in den Regalen, ein simpler Schreibtisch. Zürcher Understatement, dieser Mann musste niemandem etwas beweisen. Wir nahmen auf zwei Rohrstühlen Platz, die neben einem Bistrotischchen standen.

«Köbi, wann haben wir uns das letzte Mal gesehen? Muss

Jahre her sein. Im Stadion vielleicht?» Weil ich mich für Dinge, die in Stadien stattfanden, Sportveranstaltungen und Grosskonzerte, eher nicht interessierte, hätte ich beinah gefragt: Welches Stadion? Er meinte wohl den Letzigrund. Plötzlich fiel mir ein, woher wir uns kannten. Wir waren in den späten Achtzigern zwei Wochen zusammen in Spanien gewesen.

Donnerstagabend im Kontiki:

Greg: Mann, ich muss mal wieder fort von hier.
Köbi: Wo willst du hin?
Greg: Keine Ahnung. Spanien?
Köbi: Spanien ist toll, hat mir gut gefallen, Madrid ...
Greg: Du warst schon in Madrid?
Köbi: Ja, schon oft. Ich kann ein bisschen Spanisch.
Greg: Komm mit, ich will morgen Abend abhauen. Ich habe ein Auto. Einen grossen Kombi, zur Not kann man darin pennen.
Köbi: Klingt gut.
Greg: Wir treffen uns morgen Abend hier.

Wir fanden uns beide ungefähr zur selben Zeit im Kontiki ein, tranken ein Bier und fuhren los. Wir reisten dann gar nicht nach Madrid, sondern nach Andalusien, schliefen am Strand und hatten eine gute Zeit. Später tranken wir immer wieder ein paar Bier zusammen, wenn wir uns auf Konzerten, in der Züri Bar oder im El Internacional begegneten. Greg war kein Gib-ihm, er hatte die Bewegung nicht miterlebt, nur von ihr geträumt, als blutjunger Punk in Küsnacht. Er hatte etwas Unverbrauchtes, Frisches, Zuversichtliches, das uns zynischen zwanzigjährigen Veteranen abging. In Spanien radebrechte er stundenlang über Anarchismus, die Leute mochten ihn.

«Was machst du hier genau?», fragte ich.

«Umweltplanung, Beratung, Kurse», er grinste. «Du findest draussen ein paar Broschüren, wenn es dich interessiert.»

«Nicht wirklich», gab ich zu.

«Nun sag schon, wie geht es dir?»

Ich schilderte ihm meine Situation und erwähnte, dass ich eine Wohnung oder ein Zimmer suchte.

«Ruf mich an, wenn du nichts findest. Vielleicht kann ich dir helfen.» Das war nett von ihm, eine leere Floskel, um der alten Zeiten willen. Wahrscheinlich könnte er mich auf Platz 9460 der geschlossenen Warteliste einer Genossenschaft bringen, sodass ich schon in zehn Jahren mit einer Wohnung rechnen durfte.

Als meine letzte Woche als Strafgefangener anbrach und ich noch immer ohne Wohnung war, rief ich Greg an. Ich hatte im Düsentrieb einen Zettel aufgehängt und eine Rundmail verschickt, ohne Erfolg. Mich wollte keiner.

«Tut mir leid, wenn ich ein Zimmer über AirBnb vermiete, hol ich damit fast die ganze Wohnungsmiete rein», entschuldigte sich ein Kollege vom Düsentrieb.

Greg stand zu seinem Wort. «Natürlich kannst du bei mir wohnen, ich habe genug Platz. Komm vorbei und schau es dir an.»

Wir verabredeten uns für den nächsten Tag zur Besichtigung. Weil es abends für mich zu spät geworden wäre, traf ich ihn mittags in seinem schmucken Haus in Hottingen. «Es ist viel zu gross für mich, ich bin geschieden, die Kinder sind aus dem Haus. Komm, ich zeig es dir.» Wir betraten den unteren Stock, eine Art Souterrain. Die Fenster gingen zum Garten. Es war ein grosses Zimmer mit Dusche und WC.

«Mein Sohn hat zuletzt hier gewohnt. Die Küche ist oben, auf den gefüllten Kühlschrank wollte er nicht verzichten. Wir werden uns schon arrangieren, so wie früher in den WGs.»

Ich hatte nie in WGs gewohnt. Aus Prinzip.

«Was würde es denn kosten?», fragte ich.

«Ach, ich weiss auch nicht. 500 Franken?»

Das war mehr oder weniger geschenkt. Die Sache musste einen Haken haben, doch ich konnte mir keine Sachen ohne Haken leisten.

«Bist du sicher?»

«Es ist ja nur die ehemalige Waschküche.»

«Das Zimmer ist perfekt, ich nehme es sehr gern. Danke, Greg, du rettest mir den Arsch.»

Er strahlte, als täte ich ihm einen Gefallen. War er einsam? Oder nur ein netter Mensch? Soll es ja geben.

«Komm, ich zeig dir die Küche.» Er führte mich die Treppe hinauf ins Erdgeschoss. Schöne, renovierte Parkettböden, ein paar alte Stiche an den Wänden, die nicht ganz passten, wahrscheinlich hingen sie schon immer da. Neben der grossen Küche gab es ein Esszimmer mit einem langen Holztisch, vermutlich eine Massanfertigung, darum herum zehn Stühle mit hohen Rückenlehnen. Es wirkte wie ein modernerer Rittersaal. Hinter einer Schiebetür ein Wohnzimmer mit Bücherregalen, einem Sofa und dazugehörigem Sessel – alles Designklassiker. Einen Fernseher gab es nicht. Greg schloss die Schiebetür, das Wohnzimmer war offensichtlich für mich tabu.

Die Zimmer in den oberen Stockwerken zeigte er mir nur flüchtig. Schlafzimmer, Büro, Rumpelkammer, ein kleines Bad. Unterm Dach gab es ein weiteres Bad und zwei Schlafzimmer, das eine benutzte die Tochter, wenn sie in der Schweiz war, das andere diente als Gästezimmer.

Das Haus war von einem Garten umgeben. Von dort aus gelangten wir in die Garage. Greg besass kein Auto, aber ein halbes Dutzend Rennvelos. Gleich neben der Garage hatte er sich einen Trainingsraum eingerichtet. Dort stand ein Rennvelo auf einem Sockel, auf einem niedrigen Gestell davor ein grosser Bildschirm und links und rechts vom Velo starke Ventilatoren. So etwas hätte ich im Sommer in meiner Zelle gebraucht.

«Vor zehn Jahren habe ich damit angefangen und bin inzwischen ziemlich verrückt danach.» Er zeigte auf den Bildschirm. «Ich kann all die bekannten Tour-de-France-, Giro- und Vuelta-Etappen fahren, sogar gegen andere Konkurrenten.»

«Wahnsinn», sagte ich und dachte an meine Stunden auf dem Spinning-Velo im Hof der Strafanstalt. Er machte das freiwillig, nie mehr im Leben würde ich im Stand Velo fahren, ich wollte vorankommen, den Fahrtwind im Gesicht spüren.

GETTING BEATEN UP
(The Piranhas)

Ich hatte schon nicht mehr damit gerechnet, als mich Kurt beiseitenahm. «Ich habe jemanden gefunden, dem du Jans Botschaft überbringen kannst, du fährst morgen Nachmittag mit mir, ich habe alles organisiert.»

«Danke, Kurt.» Ich war versucht, Cört zu sagen.

Er schüttelte den Kopf und ging davon. Nach der Mittagspause stieg ich in seinen Laster, wir fuhren nicht zum Koch-Areal, sondern auf einen Parkplatz am Waldrand, dort, wo es nach Uitikon hinaufging.

«Gehen wir ein paar Schritte.» Nach etwa fünfzig Metern bogen wir vom Weg ab, zwei schwarz gekleidete Gestalten traten hinter den Bäumen hervor. Der eine war dünn und lang, der andere klein und kompakt. Sie trugen Sturmhauben, Kopfpariser sagten wir früher dazu. Ich fand diese Nummer ziemlich lächerlich, die beiden wirkten wie eine Karikatur von Tom und Jerry auf mich. Tom, der Grosse, packte mich, und Jerry tastete mich ab. Nichts Ungewohntes, in der Strafanstalt gab es immer wieder Leibesvisitationen. Ausser meinem Portemonnaie und dem Firmenhandy hatte ich nichts dabei.

«Was ist das für eine Nummer, die du hier abziehst?», fragte Jerry mit fester Stimme, wohl ein Student aus gutem Hause, der nach seinen wilden Jahren eine Aufgabe übernehmen würde, bei der er seinen ihm angeborenen Befehlston gut gebrauchen könnte.

Ich verstand nicht, was er meinte.

Tom schubste mich ein wenig unmotiviert herum.

«Arbeitest du für die Bullen? Für einen privaten Sicherheitsdienst?» Jerry stellte die Fragen.

«Nein, ich arbeite für den Düsentrieb, ich werde am Montag aus dem Knast entlassen», hoffte ich, mir ein wenig Street Credibility zu erschleichen.

«Hast du einen Deal gemacht, damit du schneller rauskommst?»

«Nein, ich habe eine Botschaft von Jan.»

«Bist du ein Freund von diesem Drecksack?» Diesmal stiess mich Tom heftig, sodass ich mit der Schulter gegen einen Baum krachte und beinah hinfiel.

«Was soll das?» Wut stieg in mir hoch, ich stürzte mich auf Jerry, der näher stand. Ich holte zum Schlag aus und stoppte auf halber Strecke. Das Anti-Aggressionstraining, das ich im Gefängnis absolviert hatte, funktionierte. Genau so eine kopflose Reaktion hatte einen Menschen das Leben und mich ein paar Jahre Knast gekostet. Jerry war instinktiv zurückgewichen und rückwärts über eine Wurzel gestolpert. Es war fast wie im Trickfilm, und ich hätte auch gelacht, wenn Tom mich jetzt nicht zu Boden gerissen hätte. Wieder die Schulter. Aber dank der unzähligen Yoga-Übungen, die ich in meiner Zelle absolviert hatte, war ich ziemlich gelenkig geworden, sonst hätte mir das jetzt richtig wehgetan. Jerry rappelte sich auf und trat mir gegen die Rippen. Kurt ging dazwischen, bevor die beiden mir ernsthaft Schaden zufügen konnten.

«Hey, könnt ihr alle mal einen Gang runterschalten? Wenn ich die Ambulanz rufen muss, haben wir die Bullen am Arsch.»

«Das Arschloch soll einfach aufpassen!», zischte Jerry. Vorsichtig stand ich auf, es tat weh. Wenigstens blutete ich nicht.

«Wollt ihr die Botschaft nun hören oder nicht? Sie ist so bescheuert, dass ich nicht weiss, ob sie wichtig ist. Ich tue nur einem Mithäftling einen Gefallen, das bedeutet nicht, dass er mein Freund ist, dass ich seine Tat gutheisse oder glaube, dass er unschuldig ist, verstanden? Ich mach das aus reiner Solidarität. Sagt euch wohl nix, was?»

Solidarität war zu meiner Zeit das Zauberwort der revolutionären Linken gewesen. Worin sie bestand, wusste niemand so genau, doch es war wichtig, sie ständig zu bekunden. Schien nicht mehr aktuell zu sein. So wenig wie die Forderung, alle Gefangenen freizulassen, wie in den Achtzigerjahren. «Use mit de Gfangene!» Wegen der Häftlinge aus dem linksextremen Umfeld, den Revolutionären Zellen, der RAF, der IRA, der ETA und wie sie alle hiessen, aber auch ganz allgemein. Gefangene hatten Probleme mit der Polizei, wir hatten Probleme mit der Polizei, also waren die Gefangenen unsere Verbündeten, so die Logik damals. Dass da Vergewaltiger dabei waren und viele, die stramme Hierarchien bevorzugten, klare Vorstellungen der Geschlechterrollen hatten und Erfolg ausschliesslich im Zuwachs materieller Güter sahen, alles, was die Linke bekämpfte, wurde ausgeblendet. Aus Solidarität.

«Lass schon hören, die Botschaft», befahl Jerry. Konnte er wirklich gut, befehlen, ein Naturtalent.

«Ich war es nicht. Tam ist die grüne Fee, sie ist dem Sonnenkönig gefährlich geworden. Er hat sie beseitigt. Es gibt Beweise, ihr müsst sie finden. Bitte helft mir!», ich konnte den Text inzwischen auswendig.

«Das ist alles?», fragte Tom.

«Das ist alles.» Die Grussformel und Bitte um Kontaktaufnahme unterschlug ich bewusst. «Wisst ihr, was es bedeutet?»

Tom schüttelte den Kopf und nahm die Sturmhaube ab. Darunter kam ein leicht zerzauster Mann von etwa dreissig Jahren zum Vorschein.

«Spinnst du?», schimpfte Jerry.

«Komm schon, der Alte ist harmlos.»

Alt okay, aber harmlos? Ich war ein verurteilter Totschläger, verdammt noch mal. Keinen Respekt, diese jungen Leute. Dachte ich. Jerry nahm ebenfalls die Vermummung ab. Er wirkte etwas abgekämpft, als sei es am Abend vorher spät geworden. Wahrscheinlich war er deshalb gestolpert.

«Sie ist dem Sonnenkönig gefährlich geworden?», fragte er.

«Das hat er geschrieben. Die Knastleitung hat den Brief abgefangen. Ich habe deswegen ziemlichen Ärger bekommen», versuchte ich noch einmal, um etwas Sympathie zu heischen.

«Der will uns doch nur ködern.» Jerry winkte ab.

«Wer ist der Sonnenkönig?», fragte ich. Sah aus, als wüssten die beiden, wer gemeint war.

«Ich denke, du überbringst nur die Botschaft? Komm, wir besprechen das mit den anderen», drängte Jerry. Sie nickten Kurt zu und trabten in den Wald hinein.

«Mann, was war denn das für eine Scheisse?», maulte Kurt. Meinte er etwa mich? «Ich dachte, du hast wirklich was zu sagen, am Schluss sind die noch auf mich wütend.» Schweigend gingen wir zurück zum Auto.

«Kannst du mit der Grünen Fee und dem Sonnenkönig etwas anfangen, sagt dir das etwas?», fragte ich, als wir in die Stadt zurückfuhren.

«Nein, nie gehört.»

Den Rest des Nachmittags sprachen wir nicht mehr miteinander. Ich spürte jedes Mal einen Stich in der Schulter, wenn ich mit der Sackkarre oder einer Bierkiste in der Hand eine falsche Bewegung machte.

HAPPY HOUSE
(Siouxie and the Banshees)

Am Montag wurde ich ganz unzeremoniell aus der Haft entlassen. Meine gesamte Habe passte in zwei Ikea-Taschen. Die restlichen Sachen lagen noch bei Mia im Keller. Hoffte ich. Ich könnte es ihr nicht verübeln, wenn sie alles weggeschmissen hätte. So wie ich mein Leben.

Statt einer rauschenden Party mit Drogen, Alkohol und Frauen, wie in den Gangsterfilmen, stand für mich der Einzug bei Greg an. Sein Sohn hatte eine breite Matratze mit zugehörigem Lattenrost hinterlassen. Was für ein Luxus nach so vielen Jahren im Einzelbett. Nicht, dass ich vorhatte, das Bett mit jemandem zu teilen. In der Zelle hatte ich zudem einen Tisch, einen Stuhl und einen Schrank gehabt. Tisch und Stuhl gab es auch hier, statt eines Schranks eine Kleiderstange auf Rädern. Bis Greg abends heimkam, war ich längst eingerichtet.

«Das müssen wir feiern», frohlockte er. «Ich habe uns einen guten Weissen kalt gestellt.»

Schon spürte ich den kühlen Wein in meinem Mund, die Säure im Hals, die Leichtigkeit im Kopf. Nur ein Glas, zwei vielleicht. Ich musste nicht mehr zur Urinkontrolle. Was aber, wenn ich nach dem dritten Glas in Fahrt käme und die zweite Flasche, die Greg, schon ein wenig an seinem Entschluss zweifelnd, auftischen würde, fast im Alleingang austränke, ihn mit oder ohne Absicht beleidigte oder vor den Kopf stiess? Das konnte ich schon im nüchternen Zustand ganz gut. Mir fehlte da ein Filter. «Potius amicum quam dictum perdere», in ungefähr: «Es ist besser, einen Freund, als einen guten Spruch zu verlieren», hatte Quintilian gesagt. Diesen Rat hatte ich jahrelang konsequent befolgt, ohne dass es mir bewusst war.

Vielleicht würde ich mich, anstatt ins Bett zu gehen, dann noch zum Coop Pronto am Klusplatz schleichen und in meinem Zimmer noch ein paar Dosen Bier trinken? Selbst nach zwei Gläsern Wein würde ich schlecht schlafen und am Morgen mit einem Kater aufwachen. Anstrengend. Nun, da ich tun und lassen konnte, was ich wollte, wollte ich es lassen. «Tut mir leid, ich trinke nicht mehr.»

Greg war ein wenig enttäuscht.

«Ich trinke nicht viel, doch ich liebe guten Wein. Es gibt da ganz spannende Sachen. Der hier zum Beispiel ist biologisch, eine uralte Traubensorte, die von einem Bauern im Wallis angebaut wird, das findest du nicht im Laden, geht alles direkt weg.»

Ich nickte anerkennend. Während ich am Küchentisch sass und Wasser trank, kochte er uns etwas. Er benutzte dazu Zutaten und Gewürze, die ich nicht kannte. «Ottolenghi», sagte er. Ich tat so, als wüsste ich, wovon er sprach.

«Schmeckt es dir nicht?», fragte Greg enttäuscht, als er mich in meinem Essen herumstochern sah.

«Ich bin die starken Gewürze nicht mehr gewohnt.» Sie überforderten mich, so etwas hatte es im Knast nicht gegeben.

«Entschuldige, ich hätte daran denken sollen.»

«Es wird eine Weile dauern, bis ich etwas anderes als Kantinenessen vertrage.» Falls ich das überhaupt wollte. Diese fade, unaufgeregte Ernährung hatte etwas Beruhigendes.

Greg erzählte mir von seinen Kindern und seiner Ex-Frau. Sie hatte ihn betrogen und war vor fünfzehn Jahren ausgezogen. Eine Zeit lang hatte er die Kinder nur jedes zweite Wochenende gesehen und darunter gelitten. Später zogen beide zu ihm in die Stadt, inzwischen studierten sie im Ausland. Die Mutter war aufs Land gezogen, eine spirituelle Reise hatte sie via Indien in den Berner Jura geführt.

Dann erzählte er mir, dass er das Haus geerbt hatte. Er kam also aus gutem Hause, das hatte ich schon vermutet.

Ich ging früh zu Bett, froh, keinen Wein getrunken zu haben. Es schlief sich herrlich in diesem grossen Zimmer, in diesem grossen Bett. Ich stand um Viertel nach fünf Uhr in der Früh auf und machte meine Übungen. Knastrhythmus. Mittagessen hatte es von 11.40 Uhr bis 12.10 Uhr gegeben, Abendessen von 16.40 Uhr bis 17.15 Uhr, danach Einschluss. Jetzt musste ich mich wieder an einen normalen Rhythmus gewöhnen.

Am Samstag ging Greg gümmelen, am Abend kam Sandra zu Besuch. Sie war etwas jünger als er, und wie ich im Verlauf des Essens erfuhr, Juristin bei der Stadt. Sie sass für die Sozialdemokraten im Kantonsrat, war spröde, ernsthaft und zielstrebig. Das Handy lag die ganze Zeit neben ihrem Teller, sie schaute immer wieder darauf, nahm es immer wieder in die Hand und tippte darauf herum. Ich verstand: Sie war unentbehrlich, und selbst während des Abendessens im Einsatz.

«Sandra, das ist Köbi, ein alter Freund, er wohnt für eine Weile unten im Zimmer von Jonas», hatte mich Greg vorgestellt. Sie hatte mir mit einem angestrengten Lächeln die Hand gedrückt.

«Warst du auf Reisen?», fragte sie.
«Gewissermassen.»

Mehr wollte sie nicht wissen. Sie redete den ganzen Abend nicht mehr mit mir. Dafür aber umso mehr mit Greg. Ich konnte mir nicht erklären, was er an ihr fand. Sie behandelte ihn, als wäre sie seine Mutter, kritisierte ihn und dirigierte ihn herum. Hol den Wein. Das braucht mehr Surach. Greg hatte sich aus Rücksicht auf mich mit den Gewürzen zurückgehalten.

Sie tranken Wein, zuerst einen Weissen, dann einen Roten, von jedem nur ein Glas. Wie man eine halb volle Weinflasche stehen lassen konnte, war mir ein Rätsel. Wenn er gut ist, wird die Flasche ausgetrunken, wenn er schlecht ist, ausgeschüttet. Oder eben doch getrunken. Etwas anderes kannte ich nicht.

Greg und Sandra sprachen über Politik, Wirtschaft und Medien, um alles schien es schlimm zu stehen. Ständig warfen sie mit Namen um sich, aber bei mir war dieses Namedropping wirkungslos, ich hatte keine Ahnung, wovon sie sprach.

Nach dem Essen noch eine Serie schauen. Auf dem Tablet, im Bett, wie sie verlegen glucksend zugaben, als sei das der Gipfel von Frivolität und Dekadenz. Greg hatte mir Sandra, die einen Doppelnamen trug, als seine Partnerin vorgestellt, das klang praktisch, zielgerichtet, erwachsen. Ich konnte mir gut vorstellen, dass sie auch ihr Liebesleben durchgeplant hatten. Nach dem Mondkalender vielleicht.

Ich lebte mich gut ein. Nach der Arbeit ass ich meist im Restaurant der ehemaligen EPA, dem Warenhaus am Bellevue, das längst ein Coop war, oder im Migros-Restaurant am Stadelhofen. Danach ging ich heim. Greg trainierte abends erst mal eine Stunde. Aus der ehemaligen Garage hörte ich es surren, keuchen und stöhnen.

Die ersten Tage fuhr ich mit dem Velo, das Greg mir überlassen hatte, zum Düsentrieb. Es war ein Tourenvelo, das er kaum benutzt hatte. Er hatte wohl vorgehabt, mit Sandra Velotouren zu unternehmen. Schon beim ersten Ausflug hatte es Streit gegeben, weil er zu schnell fuhr, weil es zu viel bergauf ging und weil es zu guter Letzt auch noch zu regnen begann. Sie wären mit dem Zug zurückgefahren, statt in dem lauschigen kleinen Hotel im Jura zu übernachten. Auf der Fahrt nach Hause hatte Sandra kein Wort mit ihm geredet, sondern die ganze Zeit nur telefoniert. So ungefähr stellte ich mir das vor.

Es war ein gutes Velo, morgens genoss ich die Fahrt, der Verkehr am Feierabend nervte mich aber. Es war Sommer in Zürich, und im Sommer schwingt sich jeder Hansjakobli und jedes Babettli aufs Velo. Es gab noch immer keine richtigen Velowege in der Stadt, man begnügte sich damit, Velosymbole auf Trottoirs zu malen, und hoffte, dass der Etikettenschwindel, der Mischverkehr genannt wurde, nicht aufflog. Der galt zwar offiziell als gescheitert, es hatte aber auch niemand eine bessere Idee. So ging ich morgens zu Fuss zum Stadelhofen und fuhr mit der S-Bahn nach Altstetten. Entlang der Gleise waren riesige Siedlungen entstanden. Am Abend legte ich ein Stück des Heimwegs zu Fuss zurück, schaute mir die Stadt an, die sich verändert hatte, wie Städte das so zu tun pflegen. Einiges wird besser, anderes schlechter. Die Frage ist bloss, für wen.

Als es eines Morgens stark regnete, gab mir Greg seine alte Goretex-Jacke. Die Kollegen im Düsentrieb musterten sie anerkennend. Funktionskleidung ist die Haute Couture der Alternativen, hier durfte dem Markenfetisch gefrönt werden, handelte es sich doch um etwas Praktisches. Auch Leute wie Greg trugen locker ein paar Tausend Franken am Leib, wenn sie morgens zur Arbeit fuhren. Dinoskelett statt Polopony. Natur und Abenteuer statt Erfolg und Luxus. Marken signalisierten auf dem Weg zur Arbeit die Zugehörigkeit zu einem Stamm, die wahre Identität. Der Bürogummi ist in Wirklichkeit ein wetterfester, selbstgenügsamer Naturmensch. Der mittlere Angestellte ist erfolgreich und strebsam und wird nicht ruhen, bis er all die Dinge besitzt, von denen die anderen S-Bahn-Penner nur träumen können. Nicht einmal die Unterstützer des Schwarzen Blocks deckten die North-Face-Logos ab, wenn sie durch die Strassen zogen. Goretex wirkte auch gegen Wasserwerfer.

Das Zusammenleben mit Greg war angenehm. Wir begegneten uns morgens in der Küche, um halb sieben schwang er sich aufs Velo. Als er mich mit dem rudimentären Firmenhandy hantieren sah, vermachte er mir das iPhone 6Plus, das seine Tochter verschmäht hatte, weil sie auf Samsung schwor. So sah heute der Generationenkonflikt aus. Für mich war es ein bedeutendes Upgrade, der Schlüssel zur modernen Welt, zu der ich den Anschluss weitgehend verloren hatte. Bevor ich ins Gefängnis musste, hatte ich einen Facebook-Account gehabt. Facebook gab es noch, eigentlich erstaunlich.

Am Abend sahen wir uns selten. Ich verlor mich in meinem neuen Smartphone, las, schaute Filme, erstellte ein neues Facebook-Konto, versuchte vergeblich, Sinn und Zweck von Instagram und Twitter zu begreifen.

YOU WILL ALWAYS FIND ME IN THE KITCHEN AT PARTIES
(Jona Lewie)

Eines Abends klopfte Greg an meine Tür.

«Wir haben am Samstag ein paar Leute zum Essen eingeladen, und es würde mich freuen, wenn du auch dabei wärst.»

«Bist du sicher?», fragte ich.

«Natürlich. Du kannst auch gerne jemanden mitbringen.»

«Eine Partnerin?» Zum Glück nahm er den leisen Spott in meiner Stimme nicht wahr.

«Ja, sehr gern.»

«War nur ein Witz, ich komme allein. Aber nur, wenn du es wirklich willst, fühl dich nicht verpflichtet, mich mit einzubeziehen. Dass du mich hier wohnen lässt, ist schon grosszügig genug.»

«Das ist doch selbstverständlich, und es würde mich wirklich freuen, wenn du dabei wärst.» Greg legte mir die Hand auf die Schulter. Ich war keinen Körperkontakt mehr gewohnt. Es war schon fast zu viel.

«In dem Fall komme ich gern.» Das war gelogen. Im Gefängnis hatte ich zu einer wortkargen Tischgemeinschaft gehört. Meistens sassen wir schweigend da, schlürften unsere Suppe, lasen Zeitung oder hingen unseren Gedanken nach. Manchmal hatte ich auch mit Jan gegessen, der die schlechte Angewohnheit hatte, einem die Nachrichten aus der Zeitung noch einmal aufzutischen, zusammen mit einer Sosse aus Misstrauen und Besserwisserei. DieLinken waren – misstrauisch gegen Presse und alle staatlichen Organe – immer der Ansicht gewesen, dass es eine kleine Gruppe allmächtiger, übel gesinnter Menschen gab, eine kleine Elite, die alles in der Hand hatte und das Volk, die Masse, die dummen Schafe, ruhigstellte und beherrschte. Diese Meinung war inzwischen weit in den rechtsbürgerlichen Mainstream vorgedrungen. «Mached us em Staat Gurkesalat» war das inoffizielle Motto der grössten Partei des Landes. Wutbürger und Rechtsradikale misstrauten staatlichen Institutionen, die sie verdächtigten, traditionelle Werte und Lebensgewohnheiten auslöschen zu wollen. An den Hebeln der Macht sahen sie die Linken, obwohl diese bei den Wahlen ständig Stimmen verloren. Sie sehnten sich zurück nach den Fünfzigerjahren. Dass damals keine Abweichungen von der gesellschaftlichen Norm toleriert wurden, die Kneipen vor Mitternacht schlossen, Tätowierungen mit einer Festanstellung unvereinbar waren und niemand einen Fernseher hatte, das verdrängten sie.

Mit fremden Menschen an einem Tisch zu sitzen, unverfängliche, aber doch interessante Gespräche zu führen, war für mich harte Arbeit. Ich wusste nicht, ob ich es überhaupt noch konnte. Lieber wäre ich allein in meinem Zimmer geblieben.

Ich stellte mir den Schlagabtausch zwischen Greg und Sandra vor:

«Muss das sein?», wird sie gefragt haben, als er mich bei ihr annoncierte.

«Ja, er ist einsam. Er war fast sieben Jahre lang im Gefängnis.»
«Mit gutem Grund. Er hat einen Menschen getötet.»

«Bitte, einmal können wir es doch versuchen.»
«Es ist dein Haus.»
So ungefähr.

Ich half Greg bei den Vorbereitungen für das Essen, bis Sandra kam und das Kommando übernahm. Er hatte einen älteren Gastrounternehmer eingeladen, der mit einer nicht mehr ganz jungen Sängerin erschien, die nicht seine Partnerin war, sondern bloss eine gute Freundin. Vielleicht war sie sein Gspusi, und er finanzierte ihre Karriere, kümmerte sich um die Auftritte und bezahlte die Begleitband. Vielleicht versuchte er auch nur, sie rumzukriegen, wer konnte das schon wissen? Der Mann war mit ständig wechselnden Partnern an einer Reihe angesagter Locations beteiligt, von denen ich noch nie eine betreten hatte. Ich war nicht das Zielpublikum, hatte schon immer zu jenen gehört, die mehr Hausverbote als Memberkarten hatten.

Zu den Gästen gehörte auch ein schwules Paar, einer der beiden war Zürcher Stadtrat, was ich zu meiner Schande nicht gewusst hatte. Sein Partner, hier stimmte der Begriff, weil es sich, wie mir erklärt wurde, um eine eingetragene Partnerschaft handelte – das Quasiäquivalent zur Ehe –, schien sich in der Runde genauso unwohl zu fühlen wie ich. Er arbeitete als wissenschaftlicher Mitarbeiter an der Universität. Wichtigster Gast war ein grüner Regierungsrat, der mit seiner Frau gekommen war. Er war Mitte vierzig, dünn, fast ausgemergelt. Sie wirkte ziemlich üppig, war stark geschminkt, schmuckbehangen, in ihrem tief ausgeschnittenen Seidenkleid und den Schuhen mit den roten Sohlen und den Killerabsätzen völlig overdressed. Sie hiess Viktoria und stammte aus der Ukraine. Das Gesicht ausdruckslos, was an den Schönheitsoperationen lag. Ihre aufgespritzten Brigitte-Bardot-Lippen erinnerten eher an Daisy Duck.

Ganz anders Ruth, Rechtsanwältin und ehemalige Studienkollegin von Sandra. Ihre dichten, schwarz gefärbten Haare waren rappelkurz, sie trug einen knallroten Lippenstift, die Augen hatte sie mit etwas Lidschatten dezent geschminkt, das war's. Die Ukrainerin musterte sie mit unverhohlenem Missfallen, aber dabei handelte es sich vermutlich nur um den Grundausdruck ihres massgeschneiderten Gesichts, das kaum mehr Mimik zuliess, wie bei Königin Melania Trump, dem Aushängeschild dieses Schönheitsideals. Viktoria passte nicht zu dem Regierungsrat in seiner Jeans und dem sportlichen dunkelblauen Poloshirt.

Der Apéro wurde im Garten gereicht.

«Das ist Köbi, er war jahrelang dein Kunde», stellte mich Greg dem Regierungsrat vor.

«Wie das?» Es war ihm sichtlich unangenehm.

«Ich war im Gefängnis.»

«Warum?»

«Totschlag.»

«Was hast du gemacht?»

«Jemanden totgeschlagen.» Der alte Witz, der keiner war. Mir war nicht wohl. Gar nicht wohl.

«Es war ein Unfall», warf Greg ein. Der Regierungsrat grinste gequält.

«Ich habe gedacht, das hier sei eine private Einladung. Ihr wollt mich doch nicht mit einem angeblichen Justizirrtum konfrontieren?»

«Keine Sorge, ich bin vor zwei Wochen entlassen worden.»

Sichtlich erleichtert wandte er sich an Greg. «Du willst dich bloss rächen, weil ich dir auf die Buchenegg über zwei Minuten abgenommen habe.»

«Du hast dich entweder ziehen lassen oder warst mit dem Elektrovelo unterwegs.»

«Reiner Neid, du wirst ganz einfach alt.»

«Wovon redet ihr», fragte Ruth, obwohl sie nicht so aussah, als würde es sie brennend interessieren. Im Gegensatz zu mir hatte sie Umgangsformen oder Social Skills, wie man das inzwischen nannte.

Der Regierungsrat zog sein Handy hervor. «Vom Velofahren. Diese App misst die Zeit für bestimmte Strecken, so kann man gegeneinander fahren. Greg war mal recht gut in Schuss, aber er lässt nach.»

«Ich bin immerhin zehn Jahre älter als du.»

«Ach was, ich wette, dass ich in zehn Jahren deine heutige Bestzeit noch immer unterbiete.»

Der Regierungsrat drehte sich von mir ab, fachsimpelte mit Greg über beliebte Streckenabschnitte und seinen Fortschritt auf dem Velo. Der Gastrounternehmer, der kein Velofahrer war, wandte sich an mich.

«Was machst du so?»

«Herumstehen», antwortete ich.

«Ich meine, im Leben.» Schon klar.

«Ich arbeite im Düsentrieb. Getränkelieferungen.»

«Ah, die, kenn ich natürlich.»

«Bist du Kunde?»

«Nein.»

«Schade.»

«Was machst du dort?»

«Ich bin Fahrer.»

«Ach so.» Er verzog das Gesicht. Es war klar, dass er nicht vorhatte, sich weiter mit mir abzugeben. Missfallen lag in seinem Blick. Wie sollte er mit einem wie mir seine Begleitung beeindrucken? Hallo? Was ist denn das für eine Einladung? Wer etwas auf sich hielt, verkehrte mit interessanten Menschen. Ich aber war ein Niemand. Wenn schon Hungerleider einladen, dann solche, denen zu helfen sich gut machte. Und von der Steuer absetzbar war. Drogensüchtige oder Asylbewerber etwa.

Nach einer kurzen peinlichen Stille zückte er sein Handy und schlurfte zu dem Sofa, auf dem bereits Frau Regierungsrat sass, die ebenfalls auf ihr Display starrte. Sie schaute nicht auf, als er sich neben sie setzte. Antisocial Skills, auch sehr nützlich.

Ruth war verschwunden, Sängerin, Stadtrat, Partner und Sandra bildeten einen Kreis, um den ich herumstrich, ohne Zugang zu finden. Zum Glück trank ich keinen Alkohol. In so einer Situation hätte ich mich früher zielstrebig zugeschüttet und mit irgendjemandem Streit angefangen. Ich wollte mich schon in mein Zimmer schleichen, als Greg zu Tisch rief. Wir kehrten ins Haus zurück.

In der Mitte der Tafel thronte der Regierungsrat, der fast ununterbrochen redete. Zu seiner Rechten sass die Sängerin, argwöhnisch beäugt von Viktoria, die ihr gegenübersass und unwillig in ihrem Essen stocherte. Zu seiner Linken Sandra, gefolgt von Greg, dem ich gegenübersass, neben mir, am Rand, Ruth, es folgten der Stadtrat, Viktoria und sein eingetragener Partner.

Zur Hauptspeise gab es einen Rindsbraten. Die Sängerin war Veganerin, und auch ich ass schon lange kein Fleisch mehr, selbstverständlich hatte Greg etwas Entsprechendes für uns beide zubereitet. Es gehörte zu den Pflichten des Gastgebers, sich über die Ernährungsgewohnheiten und Allergien der Gäste zu informieren. Wie sich herausstellte, war das nicht genug.

«Leichen auf dem Tisch verderben mir den Appetit», schmollte sie und schob ihren Teller von sich.

Der Regierungsrat konterte. Er war Anhänger der Paleo-Diät.

«Wir sollten das essen, was unsere Vorfahren in der Steinzeit assen. Fleisch, Fisch, Gemüse, Obst und Nüsse. Das ist viel gesünder.»

«Ach, und das Fleisch jagst du höchstpersönlich mit der Steinschleuder?»

«Das Fleisch, das ich esse, ist einheimisches Weidefleisch. Ich kenne den Bauern persönlich.»

«Der Tiere foltert und tötet», sagte die Sängerin schnippisch.

«Weisst du, wie viele Insekten und Nagetiere beim Anbau und der Lagerung von Getreide getötet werden? Weisst du, wie viel Wasser Avocados brauchen? Die sind ökologisch betrachtet schlimmer als Weidefleisch. Tierzucht ist schon deshalb sinnvoller, weil durch die Sömmerung der Tiere die Verbuschung in den Alpen verhindert werden kann. Von dem, was in vegane Fertigprodukte kommt, gar nicht zu reden.»

«Ich will auch nicht darüber reden. Danke für die Einladung. Ich muss leider gehen.» Sie schmiss die Serviette auf den Tisch.

«Nun komm schon, Greg hat dir bestimmt etwas Feines und ethisch Unbedenkliches gekocht.» Der Gastrounternehmer legte ihr die Hand auf den Unterarm, sie schüttelte sie ab, als wäre es eine Wespe.

«Das Konzert beginnt um neun, das sind meine Freunde, ich will rechtzeitig da sein.» Es war halb acht.

«Wir haben noch genug Zeit, bitte.»

«Du kannst ruhig bleiben», sagte sie zu ihm. «Ich glaube ohnehin nicht, dass du dich dort wohlfühlst.» Sie stand auf, lächelte unfreundlich. «Schönen Abend», wünschte sie uns allen und verliess das Haus.

Es gelang mir, ernst zu bleiben. Wahrscheinlich würde der Mann auf dem Heimweg seine Betriebe inspizieren und wahllos Leute zusammenstauchen, die das Wachstum seines Vermögens nicht optimal förderten. Kurz hintereinander trank er drei Gläser des guten Rotweins, den er gar nicht so gut fand, er kenne da besseren, und nutzte die Gelegenheit, auch gleich noch für einen Weinhandel Werbung zu machen, an dem er beteiligt war. Der Stadtrat und sein Partner schafften es, mit Witz und Geist die Stimmung aufzufangen, die kurz vor dem Kippen war.

Nach dem Essen half ich Greg das Geschirr abräumen. «Morgen fahr ich über den Pragelpass, hundertdreissig Kilometer. Du glaubst nicht, wie ich mich freue», brummte Greg. Der Abend bereitete ihm wenig Vergnügen, wir vertrödelten einige Zeit in der Küche. Als wir an den Tisch zurückkehrten, war der Gastro-Unternehmer verschwunden. Ohne sich zu verabschieden. Schlechte Manieren.

Es gab ein feines Dessert, nach dem Espresso verliess auch der Regierungsrat die Runde, gedrängt von seiner Gattin, die den ganzen Abend unter dem Tisch mit ihrem Handy beschäftigt gewesen war.

«Wo hat er denn die aufgelesen? Hatte er als Kind kein Gummientchen?», grinste der eingetragene Partner des Stadtrats, kaum dass sie gegangen waren. Die beiden tranken noch ein Glas Wein, um halb elf waren nur noch die Gastgeber, Ruth und ich übrig. So sah das wilde Leben der gesellschaftlichen Elite aus. Ich fragte mich, ob Ruth eingeladen worden war, damit die Tischordnung aufging und alle zehn Stühle besetzt waren. Sie hatte schon einiges getrunken und ignorierte das demonstrative Gähnen ihrer Freundin.

«Gibt's noch Wein?», fragte sie. Greg schüttelte erschöpft den Kopf.

«Ihr könnt ruhig zu Bett», scheuchte sie die beiden fort, als wären sie Bedienstete, und legte mir die Hand auf die Schulter. «Du bleibst und trinkst mit mir!»

«Sehr gern.» Ich hatte mir ein paar Kisten alkoholfreies Bier organisiert. Möglich, dass sie dachte, ich trinke richtiges Bier. Oder es war ihr egal, was ich trank, solange ich blieb. Den Gefallen tat ich ihr. Sie benahm sich schlecht, damit hatte sie bei mir schon gewonnen. Ein verwandter Geist. Greg brachte widerwillig eine weitere Flasche.

«Wir gehen dann mal hoch. Gute Nacht», gähnte Sandra.

«Tut nichts, was wir nicht tun würden», scherzte Greg.

«Vögeln meinst du?», röhrte Ruth. Greg verzog das Gesicht, Sandra wurde rot. Hatte sie ihrer Freundin im Vertrauen Dinge erzählt, die sie jetzt bereute? Diesmal musste ich wirklich lachen. Die beiden dackelten ab.

Ruth liess sich über die Gastgeber, die Sängerin und besonders heftig über den Regierungsrat aus. Remo Stadler hiess er und war gewählt worden, als ich gerade in den Knast ging. Die Wahl des damals Achtunddreissigjährigen war eine mittlere Sensation gewesen.

«Als er bei der letzten Wahl mit dem höchsten Stimmenanteil wiedergewählt wurde, feierte ihn die Presse als Zürcher Macron.» Ruth trank einen Schluck Rotwein. «Weil er so undogmatisch politisiert. Ein Grüner, der hart gegen Asylanten und Ausländer vorgeht, dafür nett ist zur Wirtschaft, der sich weder um die Partei noch um Kollegen oder um seine Stammwählerschaft schert, wenn er glänzen kann. Wahnsinnig originell. Undogmatisch, meine Fresse, opportunistisch nenn ich das. Der Mann hat Ambitionen. Stadler stellt sich immer öfter quer, das wirkt bis in die Stadtpolitik hinein. Ich vermute, darum war heute Abend der Stadtrat eingeladen. Die beiden sollten privat einen Draht zueinander finden. «

«Mir kam Stadler, ehrlich gesagt, vor wie ein Schluck Wasser. Es heisst doch immer, Macron habe Charisma», sagte ich.

Sie lachte. «Da hast du recht. Überhaupt ist er, wenn schon, Louis Quatorze, nicht Macron. *L'etat c'est moi*, verstehst du?»

Louis Quatorze, da war doch was. «War das nicht der Sonnenkönig?»

«So ist es. Stadler wurde in einem Artikel so bezeichnet. Es war kritisch gemeint, aber ich bin sicher, es hat ihm gefallen. Würde mich nicht wundern, wenn er den Artikel im Schlafzimmer aufgehängt hätte. Vielleicht lässt er sich von seiner Frau im Bett so nennen. Wenn sie das Wort aussprechen kann.»

Ich hatte mir unter dem Sonnenkönig immer etwas Esoterisches vorgestellt. Die grüne Fee, der Mondgeist, der Sonnenkönig. War am Ende Stadler gemeint?

«Hast du ihn etwa gewählt?», fragte Ruth, als ich nicht mitlachte.

«Ich durfte nicht wählen.»

«Volljährig bist du, also Ausländer?»

«Nein, ich habe fast sieben Jahre im Gefängnis verbracht.»

«Warum?» Sie hatte ihr Glas abgestellt und war noch näher an mich herangerückt.

«Totschlag. Es ist eine lange Geschichte.»

«Dafür ist es zu spät.» Sie nahm meine Hand.

«Gehst du heim?»

«Nein, ich bleibe. Wir haben es Greg und Sandra versprochen, ausserdem wäre ich ziemlich beleidigt, wenn du mich nach sieben Jahren im Knast abweisen würdest.»

Wir gingen in mein Zimmer hinunter. Ich war nervös, und nach so vielen Jahren ohne Körperkontakt lähmte mich die Reizüberflutung, als ich mit ihr im Bett lag. Ich kam mir vor wie ein Teenager, der nach einem Fest unverhofft mit der gerade noch unerreichbaren Schönheit im Bett gelandet ist, weil sie sich an ihrem Freund, dem gut aussehenden Fussballer, rächen will, der fremdgegangen ist. Ruth fischte eine blaue Tablette aus ihrer Handtasche. «Da, nimm.»

Ich konnte mir vorstellen, was das war, ich war im Knast gewesen, nicht hinter dem Mond. Ich fragte nicht, warum sie neben Kondomen auch so was dabeihatte, sondern schluckte die rhombische Pille und legte mich wieder ins Bett. «Alles wird gut», flüsterte sie und streichelte mir über das Gesicht. «Früher wäre so was ein Desaster gewesen, wir hätten uns frustriert, unattraktiv oder schuldig gefühlt, das ist zum Glück nicht mehr nötig.»

Sie hatte recht, auf einmal ging alles ganz einfach. Sie war enthusiastisch, ich fühlte mich zeitweilig überfordert, aber es machte Spass. Die Pille hatte mich leicht aufgeputscht. Meine letzten Sex- und Drogenexperimente waren lange her.

Ruth hatte auf dem linken Oberarm einen Papageien tätowiert, darüber standen ein paar Worte, die ich nicht entziffern konnte.

«Du laberst, du laberst, das ist alles, was du kannst», erklärte sie. «Leider ist die Schrift verblichen, ich habe Laverdure schon seit fünfundzwanzig Jahren.»

«Laverdure?»

«Der Papagei aus *Zazie in der Metro*, einem meiner Lieblingsbücher. Er sagt nur diesen einen Satz. Früher, wenn mich einer angequatscht hat, habe ich einfach das T-Shirt über die Schulter gleiten lassen.»

Ich musste lachen.

«Hat nicht wirklich funktioniert. Einige konnten es nicht lesen, andere bezogen den Satz nicht auf sich, ein paar wurden böse.»

Ich küsste ihre kalte Schulter. Ausser einem erhöhten Puls und einer gewissen Geschwätzigkeit spürte ich keine Nebenwirkungen und döste irgendwann ein. Ich erwachte, als Ruth aus dem Bett kroch und sich anzog. Sie hatte wohl einen Kater und bereute, was vorgefallen war.

«Sehen wir uns wieder?», fragte ich, ehe sie aus der Tür schlüpfen konnte.

«Wenn du willst.» Sie zog eine Visitenkarte aus der Handtasche und klemmte sie in den Türrahmen. Ich schlief wieder ein und wachte wie gewohnt um halb sechs Uhr auf. Ich fühlte mich leicht verkatert. Ob das die Nachwirkung der blauen Pille war? Ich beschloss, nicht über das nachzudenken, was letzte Nacht geschehen war. Wie jeden Morgen machte ich meine Übungen. Mein Körper fühlte sich anders an, er kräuselte sich sanft.

Ich hörte, wie die Garagentür aufging. Greg brach zu seiner Velotour auf.

WHEN THE PUNKS GO MARCHING IN
(Abrasive Wheels)

Am Montagmorgen grinste Greg nur schief, als wir uns in der Küche trafen. «Wie war der Pragelpass?», fragte ich. «Hast du eine neue Bestzeit herausgeholt?»

«Vergiss es. Wenn du die fünfzig überschritten hast, kannst du froh sein, wenn du nicht jedes Jahr langsamer wirst. Ich trainiere nur noch, um nicht abzusacken. Stadler ist ehrgeizig und fährt schon seit seiner Jugend, unter uns gesagt, ein ziemlicher Angeber.»

«Der es weit gebracht hat.»

Greg beschäftigte sich mit seinem Tablet. Mich aber stach der Hafer.

«Wieso kommen eigentlich Stadt- und Regierungsräte zu dir zum Abendessen?»

«Ich habe die Leute über Sandra kennengelernt. Für sie ist es eben wichtig, diese Kontakte zu pflegen, sie will in der Politik weiterkommen», antwortete er, ohne aufzuschauen.

«Wie romantisch.»

«Eher pragmatisch.» Er legte das Tablet auf den Tisch. «Du

willst wissen, warum Stadler kommt, wenn ich ihn einlade? Weil ich seinen Wahlkampf finanziert habe, weil ich die Grünen und die Sozialdemokraten unterstütze. Wir reden hier nicht von ein paar Hundert Franken, sondern von hohen Beträgen.»

«Wie kannst du dir das leisten?»

«Komm schon, Köbi, du weisst genau, dass ich geerbt habe. Alle wissen es. Das Unternehmen meines Vaters ist in der ganzen Schweiz bekannt. Wir sind vier Geschwister, ich bin das schwarze Schaf, die anderen sind ihrer Schicht treu geblieben, beruflich und politisch. Ich will mit meinem Geld etwas verändern, ich finde, dass man mit einem Erbe innerhalb der Gesellschaft Verantwortung trägt.»

Ich tat so, als wüsste ich, um welches Unternehmen es sich handelte, und grinste, was Greg in den falschen Hals bekam.

«Lach nur. Ja, es ist bequem, sein Gewissen mit Geld zu beruhigen. Viele in unserem gemütlichen, netten, linksalternativen Milieu haben ein Geheimnis. Niemand spricht darüber. Wir sind reich, wir haben geerbt. Geld, Anlagen, Immobilien. Wir, die früheren Anarchisten, Kommunisten, Sozialisten. Wir kämpfen nicht mehr gegen den Kapitalismus, der es so gut mit uns meint, wir kämpfen auch nicht für die Interessen unserer Schicht, sondern dafür, dass unser Wohlstand nicht allzu verheerende Auswirkungen auf die Welt hat. Umweltschutz, Nachhaltigkeit, Armutsbekämpfung sind die Themen. Wir wollen unseren Reichtum nicht verteilen, aber die Opfer des Systems nicht hängen lassen, und sei es nur, damit sie sich nicht erheben und uns aufhängen.» Er hatte sich in Rage geredet. «Ja, sag es nur: Wir sind verlogen.» Ich fragte mich, wie oft er sich schon hatte rechtfertigen müssen. Bevor ich etwas sagen konnte, fuhr er fort: «Ich mache keine Flugreisen, ich halte meinen ökologischen Fussabdruck klein. Ich spekuliere nicht, ich besitze keine

Aktien von Waffenproduzenten, Banken oder Pharmariesen, ich verdiene nicht an Mieten, ich versuche, mit meiner Bude dazu beizutragen, dass nachhaltiger gebaut wird.»

«Du nimmst einen alten Kumpel, den du ewig nicht mehr gesehen hast und der frisch aus dem Knast kommt, bei dir auf. Du bist ein feiner Kerl.»

«Mach dich nur lustig.» Greg stand auf. Ich hatte ihm den Morgen verdorben, obwohl ich das nicht vorgehabt hatte. Ich hielt ihn am Arm zurück.

«Greg, ich meine es ernst. Du bist mir keine Rechenschaft schuldig, ich wüsste nicht, was ich in deiner Situation täte.»

Er quälte sich ein Lächeln ab. «Für meine Brüder ist das hier bestenfalls ein Gartenhaus, die leben in richtig fetten Villen, haben Wohnungen und Häuser auf der ganzen Welt.»

«Mir gefällt es hier, und ich bin dir dankbar. Ehrenwort!», antwortete ich, froh, ihn nicht nachhaltig verstimmt zu haben.

Abends, nach der Arbeit, konnte ich es nicht lassen, auf dem fünf Jahre alten Macbook, das Gregs Tochter zurückgelassen hatte, zu googeln. Ich fand das Unternehmen und die Familie. Wie gross sein Vermögen war, konnte ich nicht abschätzen, und es ging mich auch nichts an. Was wohl die Kaderleute in ihren Porsches, Audis und BMWs dachten, wenn sie Greg überholten, der bei Wind und Wetter Velo fuhr? Sie hielten ihn für einen armen Kerl, für einen grünen Müslifresser, einen Lehrer oder Sozialarbeiter, der abends trommelte und mit Männern über seine Gefühle sprach. Sie ahnten nicht, dass er ein Vielfaches reicher war als sie selber, vermögender, als sie es je würden werden können. Wer keine Luxuslimousine besass, konnte sie sich nicht leisten, etwas anderes war für sie nicht vorstellbar. Zu zeigen, was man hatte, darin bestand der Sinn des Lebens. Wer daran zweifelte, war ein Neider oder Versager. Oder eben wirklich reich. Reich, ohne es verdient zu haben. Genau das, was in einer Leistungsgesellschaft nicht vorkommen sollte. Bis auf ganz wenige Ausnahmen wurde Vermögen vererbt. Die Kinder, die, ganz im Gegensatz zu den Angestellten der Unternehmen, nichts zu deren Gedeih beigetragen hatten, ernteten die Früchte der Arbeit anderer. Trotzdem richtete sich der Sozialneid in der Schweiz nie nach oben, immer nach unten.

Ich erinnerte mich an die Geschichte mit dem BMW-Cabrio, das der revolutionäre Aufbau an einem 1. Mai abgefackelt hatte, weil es in ihrem Weltbild ein Bonzenauto war. Der Wagen gehörte aber einer ausländischen Sozialhilfeempfängerin, was zu einem Aufschrei der Rechten und schlussendlich zum Einsatz von Sozialdetektiven geführt hatte. Es war das einzige Mal, dass der Revolutionäre Aufbau politisch etwas erreicht hatte. Inzwischen wurden die Sozialhilfe-Empfänger aus der Stadt gedrängt, und unweit der Stelle, an der das Auto gebrannt hatte, lebten aufs Auto verzichtende Erben in einer Trutzburg eine soziale und nachhaltige Utopie.

Die Visitenkarte von Ruth steckte noch immer im Türrahmen. Weil ich weder aufdringlich noch verzweifelt wirken wollte, rief ich sie nicht an. Gut möglich, dass ihr die ganze Episode peinlich war. Obwohl sie nicht den Eindruck machte, als würde sie ihr Handeln bereuen.

Am Freitag setzte ich mich in den Aufenthaltsraum. Die meisten tranken Bier, ich trank Rhabarberschorle. Peter kam aus seinem Büro.

«Köbi, kommst du heute Abend auch zum Konzert?», fragte er, für seine Verhältnisse geradezu aufgekratzt.

«Was für ein Konzert?»

«Das im Koch-Areal. Bei einer der Bands spielt der Heini mit, den kennst du doch, wir waren zusammen bei den Peinlichs, er nannte sich damals Heinrich Peinlich.»

«Du sprichst von einem Punk-Konzert?» Nicht, dass ich annahm, dass im Koch-Areal Kammermusik aufgeführt wurde, aber man wusste ja nie heutzutage.

«Von was denn sonst?»

«Also gut, ich komme mit.» Es würde meinen Rhythmus durcheinanderbringen, es würde anstrengend werden, mit vielen Menschen in einem Raum zu stehen, in dem laut Musik gemacht wird, war für mich ein richtiges Abenteuer. Wenn das Konzert nicht im Koch-Areal stattgefunden hätte, wäre ich wohl zu Hause geblieben. Ich hoffte, dort einen Hinweis auf die grüne Fee oder den Sonnenkönig zu finden. Ob man uns alte Säcke da überhaupt reinliess? Ich konnte mich nicht erinnern, auf einem Punk-Konzert je einen Mittfünfziger angetroffen zu haben.

Auf dem Heimweg ging ich bei Jamarico vorbei und hörte ein paar Platten. Im Gefängnis hatte ich neben dem Radio einen CD-Player besessen. Mia hatte mir zu Beginn einige Scheiben mitgebracht, und ich hatte hin und wieder etwas bestellt. Als freier Mensch würde ich wieder Schallplatten kaufen. Von CDs hatte ich nie viel gehalten, aber weil sie einfach zu transportieren waren und auch im Auto abgespielt werden konnten, hatte ich sie trotzdem gekauft. Es gab Sachen, die hatte ich auf Vinyl gehabt, dann die CD gekauft, und jetzt würde ich noch einmal das Vinyl kaufen, weil vieles weggekommen war über die Jahre. Wie die Musikindustrie bei Kunden wie mir zugrunde gehen konnte, war mir schleierhaft.

Ich war nah dran, ein Black-Flag-T-Shirt zu erwerben. Die Black Flag hatten es nicht leicht gehabt. Amis, Hardcore, Muskeln, Henry Rollins. Andererseits waren *Six Pack* und *TV-Party*

Hymnen der Biermonster und Tunichtgutpunx, die nicht merkten, dass die Lieder Persiflagen auf die amerikanische Kultur waren. Die seriösen Recken von Black Flag hatten weder mit Biertrinken noch Fernsehschauen etwas am Hut. Wie sie auf einem Oi-Sampler landen konnten, ist heute nicht mehr nachvollziehbar. Mit einem Black-Flag-T-Shirt gehörte man dazu und eckte gleichzeitig an. Was gab es Besseres für einen Punk? Aber ich war zu alt für solchen Unfug und liess es bleiben.

Wir trafen uns im Hardhof, Peter trank ein grosses Bier und ich einen sauren Most ohne Alkohol, ehe wir zusammen mit unseren Velos zum Koch-Areal hinausfuhren. In besetzte Häuser fährt man mit dem Velo, so will es das Gesetz. Peter war mit einem Militärvelo unterwegs, ich mit dem Tourenvelo. Wir fuhren sehr gemächlich.

Tatsächlich waren wir nicht die einzigen alten Säcke, ganz im Gegenteil. Um den Punkernachwuchs war es schlecht bestellt. Eigentlich logisch, inzwischen war Punk länger her als 1977, als Punk gross wurde, der Zweite Weltkrieg. Damals lief ja auch niemand mehr in Nazi-Uniform herum. Fast niemand.

Rückblickend war es schwer nachvollziehbar, warum wir uns Ende der Siebzigerjahre, als Dreizehn- bis Fünfzehnjährige dazu entschlossen, uns so zu kleiden und zu frisieren, dass die Welt uns zum Feind erklärte. In der Schule war es bald verboten, die selbst fabrizierten Punk-Klamotten zu tragen. Besorgte Lehrer zitierten einen ins Büro.

»Ist Ihnen bewusst, dass gefärbte Haare ein Erkennungszeichen von hm, Homosexuellen sind. Sie wollen doch nicht für so einen gehalten werden.«

»Warum denn nicht?«

»Raus hier!«

In Beizen wurden wir nicht bedient, der Chauffeur des Quartierbusses kam jedes Mal persönlich nach hinten, um meinen Fahrschein zu kontrollieren. Teds, Italo-Poppers und Rocker verspürten das dringliche Bedürfnis, uns zu verprügeln. Der Rest der Menschheit glotzte, schimpfte, lachte uns aus. Spiessrutenlaufen wurde zum Leistungssport.

Doch in den Momenten, in denen wir unter uns waren, auf den Konzerten, wussten wir, warum es das wert war. Draussen war die Welt schwarz-weiss, drinnen war sie farbig. Der Schweiss, das Bier. Sodom und Gomorrha und Höllenkrach, die geschrienen Texte, die wunderbaren Lieder, die genau das ausdrückten, was wir fühlten, oder uns dazu brachten, überhaupt etwas zu fühlen. Etwas, das wehtat. Etwas, das schön war. Sogar die Hippies ergriffen die Flucht. Hier wussten wir Bescheid, und die anderen kapierten gar nichts. Der in der Schule aufgetischte Max Frisch mit seinen Biedermännern und Brandstiftern war ebenso kalter Kaffee wie Supertramp mit ihrem amerikanischen Frühstück. Alles alte Arschlöcher. *What we do is secret.* Das wussten wir und die Germs.

Ich erinnerte mich noch genau, wie ich zum ersten Mal von einem dieser zwanzig Jahre alten Giganten angesprochen wurde, der zu mir sagte: «Wir gehen noch was trinken, kommst du mit?»

Mit so einer Gruppe durch das Niederdorf ziehen zu können und zu erleben, wie die Leute verängstigt ausweichen, wie es in der Beiz ganz still wird, wenn man hereinkommt, dafür lohnte sich der ganze Ärger.

Die Nähe zu diesen provokativen, aggressiven Frauen, die ich bewunderte, begehrte und fürchtete, weil sie so gar nicht dem entsprachen, wie Mädchen zu sein hatten, und darum geradezu göttlich oder aber so dämonisch wirkten wie einst Gundel Gaukeley.

Mit dem Black-Flag-Shirt wäre ich passend gekleidet gewesen, die meisten Leute hier trugen Shirts mit Logos von ihren Lieblingsbands, manche gab es schon nicht mehr, manche brachten es über Lokalgrösse nicht hinaus. In Zeiten ohne Internet war das Ganze natürlich schwieriger gewesen, weil es richtig gute Shirts nur auf Konzerten oder im Ausland zu kaufen gab. Zu meinem Erstaunen trug der Gitarrist der ersten Band, deren Mitglieder relativ jung waren, ein T-Shirt mit der Aufschrift *What would Hüsker Dü?* Die Band hatte sich schon vor dreissig Jahren aufgelöst, Grant Hart war gestorben. Ob sie auf den jungen Mann die gleiche Wirkung hatten wie auf mich damals, der ich ihnen in die tiefsten Abgründe folgte, in die hintersten Winkel der Kreativität. Gerade die amerikanischen Bands waren Meister darin, Erwartungen zu unterlaufen. Machten statt vierzehn Sekunden langen Hochgeschwindigkeitsnummern plötzlich achtzehnminütige Lärmorgien. Gebannt versuchte ich, *Reocurring Dreams* zu verstehen. Es klang verdammt ähnlich wie das Experimental-Drogen-Hippiezeug der Sechzigerjahre. Das entging auch einer Band mit dem Namen The Dead Milkmen nicht.

«*All the punks are gone scream yippie.*
Cause it's the thing that only eats hippies.
...
Now it's got a sweet tooth for long hair.
So Bob and Greg and Grant you should beware!»

Die Vornamen der drei Hüskers. Das war das Schöne am Punk, wurde es zu ernst, fanden sich Spötter. The Dead Milkmen wurden eine meiner Lieblingsbands. Besonders mit den Zeilen: *My Best Friend is a Junkie / Sad but true / my best Friend is a Junkie / What does you're best friend do?*, konnte ich mich identifizieren.

Das hätte ich dem jungen Mann am liebsten erzählt, als er später im Publikum neben mir stand, am besten auch die Story, wie wir einmal an einem Tag ein Cupspiel des SC YF Juventus Zürich, einen Auftritt von Beat Breu in einem Autocenter, den Boxkampf von Stefan Angern im damaligen Limmathaus und ein Konzert von Grant Hart im Luv besuchten. Oder war es Bob Mould gewesen? Weil ich ahnte, wie wenig ihn das interessieren würde, liess ich es bleiben. Obwohl die jungen Leute, selbst die Punks, wie ich festgestellt hatte, äusserst höflich waren.

Als Heinrich Peinlich die Bühne betrat, erkannte ich ihn kaum wieder. Schlecht sah er aus. Von musikalischer Entwicklung hielt er ganz klar nichts. Trotzdem machte es Spass, ihn auf der Bühne zu sehen. Die Songs klangen vertraut, obwohl ich sie zum ersten Mal hörte.

Als ich mal vor die Tür trat, um frische Luft zu schnappen, stand da Tom. Der mich im Wald mit Jerry herumgeschubst hatte. Nicht alle jungen Leute waren höflich.

Ich ging zu ihm hin, er wich einen Schritt zurück. «Habt ihr inzwischen rausgefunden, warum Regierungsrat Stadler etwas mit dem Mord an Tam zu tun haben könnte?» Ich hoffte, dass ich den Sonnenkönig richtig identifiziert hatte.

«Ach was, Jan hat sie umgebracht. Er will bloss die Leute auf seine Seite ziehen. Stadler ist ein Feindbild.»

«Du glaubst die Geschichte nicht?» Ich tat so, als wüsste ich, um welche Geschichte es sich handelte.

Tom zögerte. «Jan war ein guter Freund von mir. Ich war viel mit ihm und Tam zusammen. Wenn es Zweifel gäbe, hätte ich sie, aber es gibt keine. Er ist weder Opfer noch Märtyrer. Wir haben beschlossen, der Sache nicht nachzugehen, es ist ein mieses Ablenkungsmanöver. Er versucht einfach, aus der Tatsache, dass sie ein Praktikum bei Stadlers Sicherheitsdirektion gemacht hat, Kapital zu schlagen.»

«Was hat sie gemacht?»
«Das wusstest du nicht?»
«Ich weiss gar nichts, ich bin nur der Überbringer der Botschaft.»
Tom wandte sich ab.
«Was ist mit der grünen Fee?», rief ich ihm nach. Er drehte sich um und zeigte mir den Stinkefinger. Die Umstehenden sahen mich unfreundlich an, und ich kehrte in den Konzertsaal zurück. Die Band spielte noch eine Zugabe, alles drängte zur Bar oder ins Freie. Peter war schon recht dicht, er lehnte neben dem verschwitzten Heinrich Peinlich. Der hatte sich nie für Politik interessiert, wollte nie die Welt verändern, sondern nur Punk hören und spielen. Arbeitete seit 1983 in derselben Firma. Wie ich erfuhr, hatte er noch immer keine Frau, keine Familie, lebte ewig schon in derselben Dreizimmerwohnung. Er war einfach dreissig Jahre lang fünfundzwanzig geblieben und sah nun aus, als würde er die fünfundsechzig nicht mehr erleben. Ewige Jugend war eine Illusion, ewige Jugendkultur offenbar nicht. Die Partystadt Zürich war kein Ort für alte Männer.

Ich bereute es, nicht betrunken zu sein. Es wäre ein guter Vorwand gewesen, Ruth anzurufen.

OH, MOTHER
(Tex and the Horseheads)

Eines frühen Abends, als ich vom Migros-Restaurant am Stadelhofen auf die sommerlich leicht gekleideten, erwartungsfrohen, photoshopschönen Menschen hinabschaute, die auf die Tram warteten oder im Tibits sassen, kam mir Jan in den Sinn, der in seiner heissen Zelle schmorte. Er konnte keinen Kontakt mit mir aufnehmen, weil er meine neue Handynummer nicht hatte. Ich hätte ihm schon längst schreiben sollen, wusste ich doch, wie wichtig Briefe im Gefängnis waren. Über den Inhalt meines Briefes würde er sich allerdings nicht freuen. Niemand wollte ihm helfen. Alle glaubten, er sei der Täter. Ich wollte ihm das persönlich sagen. Dazu musste er mich auf seine Besucherliste setzen, auf der zwölf Namen stehen durften. Bei mir waren es drei gewesen, bei ihm wohl noch weniger. Das Gesuchsformular war zwei Wochen vor dem gewünschten Termin bei der Anstaltsleitung abzugeben. Das dauerte mir zu lange, also rief ich in der Anstalt an und verlangte Bütikofer, den Gefängnisdirektor.

«Herr Robert, was kann ich für Sie tun?»
«Ich möchte Jan Grenacher besuchen.»
«Das geht leider nicht, Herr Grenacher hat Kontaktsperre.»

«Immer noch wegen diesem Brief?» Die zwei Wochen Arrest waren längst um.

«Nein, er hat am Wochenende in der Zelle randaliert.»

Jans Zelle lag auf der Sonnenseite. Auf der Sonnenseite zu stehen, mochte im Leben etwas Gutes sein, bei einer Gefängniszelle war es etwas Schlechtes, zumindest im Sommer. Das Zellenfenster liess sich zwar öffnen, davor war ein Gitter, aber da die Tür verschlossen blieb, gab es keine Zugluft. Im Anstaltslädeli gab es kleine Ventilatoren zu kaufen, die aber nicht viel halfen. Wenn man bei offenem Fenster las oder fernsah, zog das Licht die Mücken an. Lange, heisse Nächte waren schwer zu ertragen. Während sich die Leute über die sommerliche Hitze freuten, war es für die Häftlinge auf der Sonnenseite eine Qual, besonders an den Wochenenden. Ein langer Samstagabend in der heissen Zelle konnte einen schon fertigmachen.

«Bitte, tun Sie mir den Gefallen, Herr Bütikofer. Sie wissen so gut wie ich, dass ihn keiner besucht.»

«Ausser seiner Mutter.»

«Geben Sie ihm wenigstens meine Telefonnummer.»

Bütikofer seufzte. «Herr Robert, ich mache Ihnen ein Angebot. Ich werde Frau Grenacher Ihre Nummer zukommen lassen, sie muss selber entscheiden, ob sie mit Ihnen Kontakt aufnehmen will.»

«Danke, Herr Direktor», sagte ich artig.

«Ich bin nicht mehr Ihr Direktor. Ich finde es an sich ehrenwert, dass Sie Ihre Freunde nicht vergessen. Sie sollten nach vorne schauen, sich darauf konzentrieren, ausserhalb des Gefängnisses Kontakte zu knüpfen.»

«Das tue ich, und wie. Erst letzte Woche habe ich wichtige Leute aus Politik und Wirtschaft kennengelernt, unter anderem Regierungsrat Stadler, Ihren Vorgesetzten.»

Bütikofer lachte holprig, er dachte wohl, ich mache einen Witz. «Na, dann mal weiter so. Vielleicht sehe ich Sie bald einmal bei einem Empfang im Rathaus.»

Wir beendeten das Gespräch, und ich fragte mich, ob er nicht recht hatte. Es gab für mich nichts zu gewinnen, wenn ich mich auf Jans Seite stellte. Wieder einmal hörte ich eine Stimme in meinem Ohr. «Hör auf, lass die Finger davon», sagte sie.

«Soll einer wie Stadler über dem Gesetz stehen?», widersprach ich.

«Suchst du nicht einfach eine Rechtfertigung für deine Existenz?»

«Stadler ist mir unsympathisch.»

«Ach was, du willst Sühne leisten für deine Tat. Dir beweisen, dass du kein schlechter Mensch bist.» Ich steckte die Ohrhörer des iPhones ein und übertönte die Stimme mit Musik. Slim Cessna's Auto Club riefen die Kinder Gottes zum Erwachen auf. Nach der strengen Musikdiät im Gefängnis hatte ich viel nachzuholen. Greg hatte mir sein Spotify-Passwort gegeben. Eigentlich wollte ich neue Musik entdecken, kam aber immer wieder auf alte Sachen zurück, weil es so schwierig war, sich bei dem Überangebot zu orientieren.

Schon am nächsten Tag erhielt ich einen Anruf von Jans Mutter. Sie hiess Andrea und duzte mich. Sie freute sich, mit jemandem zu sprechen, der ihren Sohn nicht für ein Monster hielt.

Wir verabredeten uns in einem Café am Bullingerplatz. Hier sassen tätowierte Mütter und bärtige Väter, die sich streng dagegen verwahrten, als Hipster bezeichnet zu werden, mit ihren Kindern. Weil Cafébesuche für Kinder zu den uninteressanten Freizeitbeschäftigungen zählten, rannten sie herum, schauten, was sich wegschleppen, auseinandernehmen oder umschmeissen liess. Die Väter lächelten stolz über diesen Ausdruck von Individualität, Non-Konformismus und Fantasie. Keine Frage, diese Kinder würden die Welt verbessern und retten, falls ihre Eltern das nicht mehr schaffen sollten. Drei Kinder grosszuziehen, galt inzwischen als ideal. Wie das logistisch und finanziell zu bewältigen war, blieb mir ein Rätsel, doch ich wollte mich nicht beschweren. Nein, dankbar war ich, ihnen und den kinderreichen Ausländerfamilien, die jetzt Migranten hiessen, ausser sie hatten eine helle Haut und eine gute Ausbildung, dann hiessen sie Expats, oder sie waren Deutsche. Ohne den von ihnen produzierten Nachwuchs würde sich unser Land in einen Pensionierten-Funpark mit Hochleistungsaktivitäten verwandeln, einschliesslich Orgienabteilung und Spiritualitätszentrum. Die Vorstellung von einem Land voller alter Menschen war schon schlimm genug, dass es sich bei diesen Alten bald um meine Generation handeln würde, ein Albtraum.

«Köbi», riss mich eine angenehme Stimme aus meinen Tagträumen. Vor mir stand eine Frau Anfang fünfzig. Ihre hellbraun gefärbten Haare waren zusammengebunden, sie trug ein luftiges, rot-oranges Sommerkleid und Sandalen. Wie Jan war sie gross und dünn, fast zu dünn. Ihr war anzusehen, dass sie schwere Zeiten durchgemacht hatte, müde war. Sie sah aus wie jemand, dem endlich wieder einmal etwas Gutes widerfahren dürfte. Ich stand auf, wir gaben uns drei Begrüssungsküsse, obwohl wir uns das erste Mal sahen.

«Jan hat mir viel von dir erzählt. Er freut sich zwar, dass du draussen bist, aber du fehlst ihm enorm.»

«Ich wollte ihn besuchen und ihm sagen, dass ich seine Botschaft verstanden habe.» Dass diejenigen, an die sie gerichtet gewesen war, nichts von ihm wissen wollten, verschwieg ich ihr. Andrea legte mir die Hand auf den Unterarm.

«Du bist der Einzige, der ihn nicht hängen lässt. Ehrlich gesagt, weiss ich nicht, ob er die Haft durchsteht. Manchmal habe ich Angst, dass er sich etwas antut.»

«Er ist stärker, als es scheint», drosch ich Phrasen. Die Selbstmordrate im Gefängnis war hoch. Ich wusste, wie es ist, wenn man denkt, dass alles keinen Sinn mehr hat, es einfacher wäre, den Hinterausgang zu nehmen. Über das eigene Leben verfügen zu können, ist die letzte Freiheit.

«Du warst für ihn eine Art Vaterfigur.» Nicht gerade schmeichelhaft, aber vom Alter her leider plausibel. «Danach hat er immer gesucht. Wie so viele junge Männer, die ohne Vater aufwachsen.» Die Bedienung kam, wir bestellten unsere Getränke. Ich bekam ein Gazosa. Leider führten sie kein Heidelbeer, dann halt Bitterorange. Fast dasselbe.

«Jans Vater hat mich damals mit zwei Kindern in der Vorstadt sitzen lassen.» Andrea trank einen Schluck ihres gespritzten Weissen, sauer. Seit die Deutschen Zürich erobert hatten, gab es die Varianten süss und sauer. Pommfritt hiessen jetzt Pommes. Dagegen wehrte sich niemand, da machten auch jene brav mit, die gerne Schweizerkreuz-T-Shirt trugen, um damit zu zeigen, dass sie Patrioten waren, die sich für die Bewahrung des heimischen Kulturgutes einsetzten und gegen fremde Einflüsse wehrten. Sie sagten nicht nur Pommes, im September zogen sie Lederhosen, Seppelhut und Dirndl an, strömten in Festzelte, um mit Schlagerstampftechno und Blasmusikgedröhn Oktoberfest zu feiern. Von wegen Brauchtum, in meiner Jugend flog man in der Schweiz wegen Schunkelns noch vom Festplatz.

«Weisst du», holte mich Andrea zurück. «Wir waren eine ganz normale Familie. Für mich stimmte alles, wir hatten unsere Probleme, aber wer hat die nicht? Von einem Tag auf den anderen war er weg, und alles ist zusammengebrochen, es war ein

Schock. Jan war damals acht, seine Schwester zehn. Ich verlor mein Umfeld, meine Freundinnen. Sie hatten Angst, ich wollte ihnen den Mann ausspannen. Nichts anderes konnte eine alleinstehende Mutter doch im Sinn haben. Ich sah ziemlich gut aus damals.»

«Du siehst immer noch gut aus.»

«Ach, was. Du brauchst mir nicht zu schmeicheln.»

Sie trank ihren Wein aus und bestellte mit einer Handbewegung einen neuen. «Im Dorf habe ich es nicht mehr ausgehalten. Als meine Tochter ins Gymnasium kam, sind wir in die Stadt gezogen, ich fand eine Stelle als Sachbearbeiterin bei einer Versicherung und eine Wohnung in einer Genossenschaft, die an alleinerziehende Mütter vermietete. Der Kreis 4 war damals unbeliebt, es war ein Kulturschock. Mein Ex-Mann gründete eine neue Familie, brach den Kontakt ab und zahlte die Alimente nicht. Es war ein ewiger Kampf. Ich musste voll arbeiten, damit es reichte. Jan ist ins Gymnasium gekommen, das haben damals nicht viele aus den Quartier geschafft. In der Zeit begann er, sich zu verändern, liess die Haare wachsen, begann zu kiffen, interessierte sich für Politik, verkehrte in besetzten Häusern. Er war einer dieser jungen Männer, die nur darauf warten, dass jemand ihrem Leben eine Richtung gibt, die etwas suchen, für das sie kämpfen können.» Sie trank den Wein, den die Bedienung gebracht hatte. «Wie die Jugendlichen, die zum IS gingen. Die kamen aus allen Schichten, viele hatten studiert, Aussicht auf ein gutes Leben. Manchmal hatte ich Angst, er würde sich den antifaschistischen Brigaden in Syrien anschliessen, irgendwas Radikales.»

Sie hatte wohl recht, es waren keine Monster, die so etwas taten, es waren ganz normale junge Männer und Frauen. Die sich am Unrecht der Welt rieben, bevor sie die eine, wahre Lehre entdeckten, die die Menschheit retten, die Welt in ein Paradies verwandeln würde. Was gab es Edleres, als dafür zu kämpfen, dafür zu sterben? Es waren oft die Feinfühligsten, die für solche Heilslehren besonders empfänglich waren, weil sie den Schmerz beinah körperlich spürten, viel mehr als die Dumpfbacken, die einfach mit den Schultern zuckten und sich dem nächsten kurzfristigen Vergnügen zuwandten.

Auch in meinem Umfeld hatte es Leute gegeben, die abgetaucht waren und zu den Waffen gegriffen hatten, im Kampf fielen oder lange Haftstrafen kassierten. Mit ein bisschen Motivation und Druck wären es viel mehr geworden. Was hätte ich getan, wenn die RAF sich nicht als elitäre Kader gesehen, sondern aktiv rekrutiert hätte? Wenn ich gefragt worden wäre: Wie ernst ist es dir mit der Revolution? Redest du nur, oder bist du bereit, zu kämpfen? Wäre ich dem Ruf gefolgt, hätte geschossen, gebombt, Tote in Kauf genommen? Kaum, ich war kein Kämpfer, ich hatte viel zu schnell Schiss. *I'd rather be a sailor than a fighter*, hielt ich es mit den Butthole Surfers. Nicht alle Menschen sind mutig, sonst wären alle Helden, und das wäre ziemlich ungemütlich. Mutige Menschen haben eine kleinere Amygdala, dafür kann man nichts, es ist kein Zeichen von Charakterstärke. Dachte ich.

«Ein paar Mal wollte er die Schule schmeissen, aber da war ich strikt. Mir zuliebe hat er es durchgezogen. Nach der Matura hat er in Kneipen gearbeitet, Reisen gemacht, zu studieren begonnen. Er war jung, sah gut aus und konnte es gut mit den Leuten, sie hatten ihn gern, besonders die Frauen. Ganz der Vater.»

«Hat er Tam umgebracht?»

Andrea griff nach ihrem Glas, ihre Hand zitterte. Sie schaute an mir vorbei, ihre Augen suchten die Bedienung, die nirgends zu sehen war.

«Nein, er war es nicht.»

«Warum hat er das vor Gericht nicht gesagt?»

«Er hat gar nichts gesagt. Hoffte, für seine Freunde glaubhaft zu bleiben, wenn er die Regeln befolgte, nicht mit den Bullen sprach. Es hat leider nichts genützt, alle haben sich von ihm abgewandt.» Sie schaute zum Brunnen hinüber. «Auch von mir haben sich viele abgewandt, weil ich zu ihm stehe.»

«Kanntest du Tam?»

«Natürlich, ich habe sie gerngehabt. Jan war siebenundzwanzig, als es passiert ist, er wohnte damals schon lange nicht mehr zu Hause. Er führte sein eigenes Leben, aber wir haben uns oft getroffen.»

«Weisst du, warum er sie die grüne Fee nennt?»

Sie sah mich verwundert an.

«Was ist eine grüne Fee?»

«Das müssen wir Jan fragen, aber das können wir nicht, weil er Kontaktsperre hat.»

Ich erinnerte mich, dass Jan einmal gesagt hatte, er sei das Bauernopfer. War das nicht eine Metapher aus dem Schachspiel, wurde so nicht der König geschützt, wie in der Serie *Game of Thrones,* die während meiner Zeit im Knast Furore gemacht und die ich inzwischen via Raubkopien gebingewatcht hatte, bis sie mir während der fünften Staffel verleidet war? Ich hatte nur mit einem halben Ohr hingehört, weil er mich nervte mit seinem Gejammer. Gut möglich, dass er mir das mit der grünen Fee einmal erklärt, ich ihm aber nicht zugehört hatte.

Andrea nahm meine Hand, die auf dem Tisch lag, und drückte sie. Ihre Finger waren kalt. «Finde es heraus. Ich habe mich über dich informiert, du warst mal Ermittler. Was kostet eine Stunde?»

«Das ist lange her. Jan hat geschrieben, es gebe Beweise, wenn dem so ist, kann ich versuchen, sie zu finden. Ich tue das nicht wegen des Geldes. Ich habe Zeit, aber keine Ressourcen, kann also nichts versprechen. Ich weiss, wie es ist, eingesperrt zu sein. Jan ist noch jung, die Jahre, die er verliert, sind wertvoll, wenn er unschuldig ist, ist es die Hölle, das Leben so zu verschwenden.»

«Danke», sagte sie leise, und ich fühlte mich gut.

«Hast du noch Kontakt zu seinen Freunden?»

«Er hat keine Freunde mehr.»

«Ich denke an jemand Bestimmten, er ist etwa so alt wie Jan, gross, braune Haare, grüne Augen.»

«Du meinst Rafi.»

Ich meinte Tom von Tom und Jerry. «Genau den.»

Andrea atmete tief durch. «Rafi und Jan kennen sich, seit sie vierzehn sind. Rafi ist damals mit seiner Mutter ins Quartier gezogen, in eine Eigentumswohnung. Sie war in einer ähnlichen Situation wie ich, nur dass sie schlauer war und sich den Abgang ihres Alten vergolden liess. Neubeginn im aufstrebenden Trendviertel, das hat sie geschafft. Sie hat einen jüngeren Mann, einen guten Job, und die Wohnung ist unterdessen das Doppelte wert. Rafi hatte am Anfang Mühe im Quartier, er war ein verträumter Landjugendlicher, der ziemlich untendurch musste. Die Kids hatten damals eine Strategie entwickelt, die Invasion der Bessergestellten zu verhindern. Sie verprügelten die Zugezogenen regelmässig auf dem Schulweg. Jan hat Rafi verteidigt, er hatte immer ein Herz für die Schwachen. Für die, mit denen sonst niemand etwas zu tun haben wollte, etwa jene, die wochenlang dieselben Kleider trugen, die ihm sein Spielzeug klauten und irgendwann verschwunden waren. Rafi war oft bei uns zu Hause. Die beiden waren unzertrennlich. Sie haben sogar zusammengewohnt.»

«Meinst du, wir könnten uns mal zu dritt treffen?»

«Ich kann es versuchen.»

«Sag ihm einfach nicht, dass ich komme.»

Ich bezahlte die Getränke, und als wir uns verabschiedeten, zog sie mich an sich, hielt mich fest und gab mir einen Kuss auf den Mund. Ich stand ein wenig verwirrt da.

Zurück in meinem Zimmer in Hottingen, googelte ich Remo Stadler. Er war einer der wenigen grünen Regierungsräte der Schweiz und digital fit, hatte eine Website, war auf Facebook, Twitter und Instagram unterwegs.

Ich suchte weiter und blieb beim Porträt eines dreiundzwanzigjährigen Grünen hängen, der eine Bar im Kreis 4 betrieb und der Meinung war, dass die Leute, die keinen Lärm wollten, halt wegziehen sollten. Wer hierherziehe, wisse, dass es laut ist. Dass ein Teil der Leute schon dort wohnte, als er noch gar nicht auf der Welt war, kam ihm nicht in den Sinn. Er wollte einfach sein Geschäft ohne Auflagen betreiben und für die Emissionen, die er verursachte, keine Verantwortung übernehmen.

Klar, die Stadt und die Lebensgewohnheiten veränderten sich. Es brauchte Zonen fürs Nachtleben, in denen bis in den frühen Morgen gelärmt werden durfte, es gab ja schliesslich auch Industriezonen, in denen am frühen Morgen gelärmt werden durfte. Was mir nicht gefiel, war die Kaltschnäuzigkeit, mit der dieser Mann seine finanziellen Interessen, die er als kulturelle Leistung ausgab, einforderte.

Dass die alleinerziehende serbische Mutter, die morgens um fünf rausmusste, um die Bildungsstätten, Büros und Bars zu putzen, in denen das Partyvolk seine Zeit zubrachte, unter der nächtlichen Beschallung litt und die erstbeste Gelegenheit zum Wegziehen nutzen würde, war solchen Leuten egal. Sie wussten, was für die Armen und Schwachen gut war, auch ohne mit ihnen persönlich Kontakt zu haben.

Partys wurden zu Protesten erklärt, weil nur mit Trinken und Tanzen eine Masse zusammenzubringen war. Der Platzspitz, einst als Heroinhölle weltweit bekannt, wurde als Symbol der Repression betrachtet, aus dem die Junkies vertrieben worden waren, und während eines Wochenendes besetzt. Ein paar Tage später gedachten am gleichen Ort die ehemaligen Junkies, denen dort ein Teil ihres Lebens abhandengekommen war, des verstorbenen Pfarrers Sieber, der sich für sie eingesetzt hatte. Von jenen, die dabei gewesen waren, wünschte sich niemand die alten Zustände zurück. Viele waren gestorben, hatten sich Krankheiten zugezogen, die sie jahrzehntelang beeinträchtigten. Brutale Dealer hatten säumige Zahler ungestraft und öffentlich misshandelt. Es war ein Unterschied, ob man etwas erlebt oder nur im Soziologiestudium durchgenommen hatte.

Trotzdem hatten sie recht, die logistisch gut organisierten Partyprotestanten. Die Monacoisierung Zürichs schritt wacker voran, das entsprechende Autorennen hatte bereits stattgefunden. Ohne die Genossenschaftswohnungen wäre die Stadt ein Kadergetto, voll von Leuten, die alle Trends mitmachten, fantastisch aussahen dabei, aber am liebsten unter sich blieben. Das Teurere war immer das Bessere, die Schönen hatten immer recht, und alle anderen waren bloss neidisch. Zürich drohte zu einer Stadt zu werden, in der als sozial benachteiligt galt, wer von der Mutter im Vorjahresmodell des Porsche Cayenne in die Steinerschule gefahren wurde.

Dachte ich und kehrte zu meinen Recherchen zurück. Stadler hatte als Veloaktivist begonnen, war am Gymnasium schon Präsident der Schülerorganisation, kam als Student in die Stadt, wo er, ziemlich jung noch, Gemeinderat wurde. Nach dem Studium zog er in eine nahe gelegene Kleinstadt, wurde Kantonsrat und schliesslich jüngster Stadtpräsident. Gegen den Willen der Parteileitung, die eine SP-Frau unterstützte, kandidierte er für den Regierungsrat. Als Regierungsrat entwickelte er sich immer mehr zum Einzelplayer, der nach eigenem Gutdünken, ohne Rücksicht auf Partei und Stammwählerschaft agierte. Ein geschickter Machtpolitiker, der kurz vor den Wahlen eine Kollegin von der FDP auflaufen liess. Im Gegensatz zu ihm, der ein Glanzresultat erzielte, schaffte sie die Wiederwahl nicht. Privatleben und Ehefrau hielt er weitgehend unter Verschluss, die Hochzeit war exklusiv an den *Blick* gegangen, aber es war keine grosse Geschichte. Ein paar Bilder der schönen Frau und des erfolgreichen Mannes. Es gab keine Skandale, kein gar nichts, er war beliebt und wurde als erster grüner Bundesrat gehandelt.

VISITORS NEVER COME ALONE
(Blue China)

Andrea rief mich bei der Arbeit an. «Wir treffen uns heute um halb sieben im Restaurant vom Migros City.»

Ich kam ein paar Minuten zu spät. Zwischen den älteren Herrschaften, die das Sudoku der Gratiszeitung ausfüllten, und den Frauen mit ihren Kleinkindern, die sich dort zum Schwatz trafen, sassen junge Menschen mit Laptops und Tablets, weil es gratis Wi-Fi gab. Ich holte mir einen Kaffee und ein Stück Apfelkuchen.

Andrea und Rafi sassen im hinteren Teil, wo sich die Kinderecke und der Zugang zur Terrasse befanden. Rafi sprang auf, als er mich kommen sah.

«Was soll der Scheiss?», zischte er.

Ich hob die Hände. «Ich habe nur eine Frage an dich.»

«Bitte, Rafi.» Andrea hielt ihn sanft am Unterarm. Grummelnd setzte er sich.

«Was hat es mit der grünen Fee auf sich? Was hat das zu bedeuten?»

«Das waren schon zwei Fragen.»

«Hör zu, warum Stadler der Sonnenkönig ist, ist mir klar, aber ich will die ganze Botschaft verstehen.»

«Frag Jan.»

«Er hat Kontaktsperre», sagte Andrea, «das habe ich dir doch erklärt.»

«Dein Freund muss im Knast ziemlich untendurch. Er würde sich extrem über ein Lebenszeichen von dir freuen. Es geht ihm nicht gut.»

«Er ist nicht mehr mein Freund. Mein Mitleid gilt Tam. Sie ist tot.»

Andrea schüttelte den Kopf. «Jan war es nicht, Rafi. Das musst du doch tief drin spüren.»

Rafi sah sie an. Am liebsten hätte er sie wohl in den Arm genommen, hielt aber die harte Fassade aufrecht.

«Er ist hereingelegt worden.»

«Eine Verschwörungstheorie, na toll. Wer hat ihn denn hereingelegt? Die Juden, die Freimaurer oder die Illuminati?»

«Der Regierungsrat Stadler», antwortete ich.

Andrea schaute in ihre leere Tasse.

«Welchen Grund sollte der gehabt haben?» Rafi verdrehte die Augen.

«Das kann ich Jan erst in zehn Tagen fragen. Komm schon, es ist kein Verrat, wenn du mir erklärst, was es mit der grünen Fee auf sich hat.»

Rafi sah sich um, schob seinen Eistee zur Seite und beugte sich über den Tisch.

«Die grüne Fee hiess der Blog, den Tam geschrieben hat, so ein Fantasy-Ding oder eine Satire, ehrlich gesagt, bin ich daraus nicht schlau geworden und habe nur die ersten zwei Posts gelesen. Ging wohl den meisten so, der Blog hatte kaum Leser.»

«Gibt es den Blog noch?»

Rafi verschränkte die Arme vor der Brust.

«Bitte?» Andrea berührte ihn an der Schulter, er löste die Arme, zog ein Handy hervor und wischte flink darauf herum.

«Es gibt ihn noch, er ist bei einem Anbieter erschienen, bei dem so kleine Projekte gratis sind. Im Netz schlummern Millionen verlassener Blogs und Podcasts, die du allenfalls auf Seite 16 von Google findest, wenn du weisst, wonach du suchst.»

«Schickst du mir den Link?»

Ich gab ihm meine E-Mail-Adresse. Er wischte und tippte, mein Handy surrte, ich hatte eine Mail erhalten.

«Danke», sagte ich. «Bitte, melde dich bei Jan. Selbst wenn er es gewesen ist. Es kann passieren, dass man einen Fehler macht, den man ein Leben lang bereut. Ein paar Sekunden, in denen man eine Katastrophe anrichtet.»

«Redest du von dir?»

«Auch», gab ich zu.

«Wenn er es gewesen ist, soll er dazu stehen. Dann gehe ich ihn besuchen.» Rafi erhob sich und ging grusslos davon. Andrea kämpfte mit den Tränen. Ich setzte mich neben sie und nahm sie in den Arm. Nach einer Weile löste sie sich, wischte die Tränen ab und stand auf. «Ich muss noch einkaufen.» Eilig verliess sie das Migros-Restaurant.

Ich blieb sitzen und klickte auf den Link, den mir Rafi geschickt hatte. Unter dem Titel «Die Abenteuer der grünen Fee im Schloss des Sonnenkönigs» kündigte die Autorin an, dass es hier um die Erlebnisse einer Fee ging, die sich in das Reich des Sonnenkönigs begibt, um bei ihm als Magd zu arbeiten. Ihr Plan war, hinter das Geheimnis seiner Macht zu kommen und sie zu zerstören, weil er ein böser Tyrann war.

Der Anfang war etwas holprig, ich verstand, warum Rafi nicht weitergelesen hatte. So langsam hatte Tam ihre Stimme gefunden, die Geschichte nahm Fahrt auf. Ich las alle Einträge durch, wie die junge Fee an den Hof kommt und dort die Hofschranzen, Burgfräuleins, Hausmeister, Ritter und Schreiber kennenlernt.

Eines Tages lässt der Sonnenkönig die grüne Fee, die still und leise ihre Arbeit auf dem Schloss verrichtet, zu sich kommen. Er ist bezaubert von ihr und will sie zur Hausmeisterin ernennen, damit sie immer in seiner Nähe sein kann. Natürlich mag die Fee den König nicht leiden, doch um hinter seine wahren Absichten zu kommen, verbirgt sie ihren Widerwillen und tut, als schmeichle ihr seine Aufmerksamkeit. Sie arbeitet immer enger mit ihm zusammen und gewinnt wichtige Einsichten in seine Regierungsgeschäfte. Da sie stets freundlich zu ihm ist, fühlt er sich ermutigt und lässt ihr kleine Botschaften zukommen. Ihr Umgang wird vertrauter, und eines Tages küsst der König die grüne Fee. Sie wird furchtbar wütend.

Da weint der König bitter und gesteht ihr seine Liebe. Als sie ihn abweist, hält er sich eine Zeit lang zurück. Eines Tages schreibt er ihr einen flammenden Liebesbrief, in dem er verspricht, sie zu seiner Königin zu machen, wenn sie ihn nur erhört. Sie weist ihn entschieden zurück. Der König ist nämlich bereits verheiratet.

Der letzte Eintrag war zwei Wochen vor ihrem Tod erstellt worden. Unschwer zu erkennen, dass es sich bei der Geschichte in diesem Blog um eine leicht verfremdete Schilderung ihres Praktikums handelte. Demnach hatte sich Stadler in Tamara verguckt und sie bedrängt. Das war keine gute Idee in den Zeiten von #MeToo, schon gar nicht, wenn man noch Bundesrat werden wollte. Wenn es stimmte und sie vorgehabt hatte, die Geschichte publik zu machen, hätte Stadler seine Ambitionen begraben können.

Ein paar Tage später stand ich mit meinem Lieferwagen auf einem Parkplatz. Es war kurz nach Mittag, ich hatte gerade ein

Sandwich verdrückt und hatte mich mit geschlossenen Augen in meinem Sitz zurückgelehnt. Die vielen Eindrücke, die ich jeden Tag hatte, ermüdeten mich. Weil ich immer noch früh aufstand, aber abends zusehends länger wach blieb, hatte ich mir angewöhnt, auf dem Beifahrersitz eine kurze Siesta zu halten, ein Kissen im Nacken, die Beine auf dem Fahrersitz ausgestreckt. Mein Handy klingelte, das heisst, es klingelte nicht, es spielte *The Wake Up Call* von They Might Be Giants, das hatte ich in stundenlanger Tüftelei selber eingerichtet.

«Hast du geschlafen?», fragte Andrea.

«Nein», log ich völlig sinnlos. «Ich bin bei der Arbeit.»

«Hör zu, es gibt gute Nachrichten. Unser Besuch ist bewilligt worden. Der Direktor hat mich angerufen, er macht eine Ausnahme. Wenn es dir passt, können wir ihn am Montag besuchen.»

«Ja, warum nicht», der Schlaf, aus dem ich erwacht war, war tief gewesen.

«Das klingt nicht gerade begeistert.»

«Nein, ich gehe nicht gern zurück in den Knast.»

«Es ist ja nur zu Besuch, und ich bin bei dir.»

«Also gut.»

Wir verabredeten uns am Paradeplatz.

Am nächsten Abend rief ich Ruth an, landete auf der Voicemail, hinterliess aber keine Nachricht, weil ich komplett vergessen hatte, was ich sagen wollte. Sie rief trotzdem zurück.

«Köbi, du hast dir aber Zeit gelassen. Ich hoffe, du versuchst nicht, dich mit diesem Halbschlauentrick rarzumachen? Also sag, was willst du? Das eine nehme ich an.» Sie lachte. «Ich hoffe es zumindest.»

Ich wurde rot.

«Ich war mir nicht sicher, ob du mich treffen willst», wich ich aus. Die Aussicht, dass wir zusammen im Bett landen könnten, machte mich eher nervös. Früher wäre ich dafür bis nach Othmarsingen geradelt.

«Ich will, wir hatten einen lustigen Abend.»

«Wollen wir essen gehen?», fragte ich. Warum nicht grad wie in einem Film der Fünfzigerjahre. «Wänzi mal en Kafi go trinke mit mir?»

«Ich würde lieber bekocht werden.»

«Ich habe kein Esszimmer.»

«Du kannst zu mir kommen.»

«Ich kann nicht kochen», gab ich zu. *If there are two things that I hate, it's having to cook and trying to date.* Meine Rede, beziehungsweise Jason Isbells Gesang.

«Es ist Freitagabend, die guten Restaurants sind voll, und ich habe keine Lust auf Trubel. Kochen mag ich auch nicht. Komm zu mir, und wir bestellen uns was.»

Sie wohnte an der Aemtlerstrasse. Als ich dort ankam, empfing sie mich in einem schlabbrigen Trainingsanzug mit nassen Haaren.

«Ich musste unbedingt duschen, diese Hitze bringt mich noch um. Komm herein.» Wenn du wüsstest, dachte ich. In dieser schönen grossen Wohnung, mit den hohen Decken, dem Parkettboden und vor allem den Fenstern auf beiden Seiten liess sich die Hitze ertragen. Ganz im Gegensatz zu Jans Zelle. Doch ich war nicht gekommen, um Moralpredigten zu halten. Ruth führte mich ins Wohnzimmer. Hier stand ein grosses Sofa, und an der Wand, über einem Sideboard mit Kunstbüchern, hing ein noch grösserer Fernseher.

«Sorry, ich bin nicht auf Gäste eingestellt. Willst du etwas trinken? Ich habe alkoholfreies Bier gekauft.»

«Wie aufmerksam.»

Sie hatte also alles mitbekommen an dem Abend, und trotzdem war ich hier. Ein gutes Zeichen.

Sie brachte zwei Dosen Bier, ein Quöllfrisch und ein alkoholfreies Feldschlösschen. Wir stiessen an, matt klackte das Aluminium.

«Lass mich eines klarstellen: Was immer heute Abend geschieht, mach dir bitte keine Illusionen. Ich will keinen Mann in meinem Leben.»

«Gut, ich weiss ohnehin nicht, ob ich noch beziehungsfähig bin.»

«Wer ist das schon? Die meisten Paare bleiben zusammen, weil sie sich vor dem Alleinsein fürchten. Am besten, ich stelle ein paar Dinge klar. Diese Wohnung gehört mir. Ich habe sie nicht geerbt, ich habe sie mir erarbeitet. Meine Tochter wird die Erste in unserer Familie sein, die erbt. Sie ist dreiundzwanzig und lebt in Berlin. Ich ging auf die Kunstgewerbeschule, der Vater war fünfundzwanzig, wir waren schon getrennt, als sie zur Welt kam. Ich habe ihn bald rausgeschmissen, er war damals ein Penner, er ist es immer noch. Später habe ich herausgefunden, dass er sich in der alternativen Beiz, in der er arbeitete, dafür eingesetzt hat, dass das Kindergeld verdoppelt wird. Machte einen guten Eindruck auf die Frauen, die da arbeiteten. So gut, dass sie mit ihm schliefen. Leider habe ich von dem erhöhten Kindergeld nie einen Rappen gesehen. Ich wollte nicht als alleinerziehende Mutter enden, die sich von Scheissjob zu Scheissjob hangelt. Ich habe mit dem Jura-Studium begonnen, nebenbei gearbeitet und mich um meine Tochter gekümmert. Natürlich hatte ich Hilfe, von meinen Eltern, von seinen Eltern, die ganz okay sind. Es war nicht leicht, glaub mir. Ich habe mich hochgearbeitet, eine erfolgreiche Kanzlei aufgebaut. Ich mach das noch ein paar Jahre, dann ist Schluss. Früher hatte ich keine Zeit für eine Beziehung, und jetzt habe ich nicht mehr den Nerv dazu. Wenn du eine Freundin, eine Mami, was auch immer suchst, bist du bei mir an der falschen Adresse. Ich werde mir keinen alten Knastbruder ans Bein binden, dem ich in allen Bereichen überlegen bin, das gibt nur böses Blut. Nimm es nicht persönlich, bei mir deponiert keiner mehr sein Rasierzeug. Ich habe wenig Zeit, ich brauche keinen emotionalen Bullshit. Ich bin niemandem Rechenschaft schuldig, mit wem ich meine Zeit verbringe. Wir hatten einen netten Abend. Wenn du versprichst, keine Faxen zu machen, können wir uns besser kennenlernen.»

«Einverstanden.»

Ruth nahm die Speisekarte eines von Schweizern betriebenen Asiaten vom Tisch.

«Wir sollten bestellen, die Lieferzeiten sind lang am Freitagabend.»

Ich nahm ein rotes Curry und brauchte keine blaue Pille. Danach schmiss sie mich raus. Zu Fuss ging ich zurück nach Hottingen. Es war ein Uhr morgens, und ich staunte. In dieser warmen Sommernacht standen an jeder Ecke junge Menschen, tranken, rauchten, redeten und lachten. Am See war es noch voller. In meiner Jugend konnte man um diese Zeit mit dem Velo auf der Bellerviestrasse Schlangenlinien fahren, jetzt war es kaum möglich, sie zu überqueren. Der neue Sechseläutenplatz war belebt. Wahrscheinlich war es gut, jung zu sein in Zürich. Vorausgesetzt, man hatte Geld.

Wie verabredet, fuhr ich am Montag mit Andrea zur Strafanstalt Pöschwies. Als wir von der Busstation durch die Unterführung gingen, blieb ich stehen. «Ich weiss nicht, ob ich es schaffe, da reinzugehen.»

«Komm schon. Es ist nur für eine Stunde.»
«Ich habe viele Tausend Stunden da drin verbracht.»
«Ich bin bei dir, ich garantiere, dass du nicht bleiben musst.»

Das weisse Metalltor öffnete sich mit leisem Quietschen, wir gaben unsere Handys und Ausweise am Schalter ab, bekamen Besucherausweise, schlossen unsere Sachen ein und gingen durch den Metalldetektor. Es war wie am Flughafen.

Zum ersten Mal betrat ich das Besucherzimmer als Besucher. Es war ein grosser Raum, die Wände aus gelbem Backstein, um die Tische standen jeweils fünf Stühle, weil vier Besucher erlaubt waren. Hinten war die Kinderzone, davor standen die Snack- und Getränkeautomaten. Jan kam herein, er war bleich und mager, die unrasierten Wangen eingefallen. Seine Augen leuchteten, als er uns sah. Andrea umarmte ihn lange, sein Körper zitterte.

«Köbi, so eine Überraschung!» Er drückte mich an sich. «Du glaubst mir also endlich!»

Wir setzten uns.

«Ich habe nie gesagt, dass ich dir nicht glaube.» Das stimmte sogar, denn gesagt hatte ich es nie. Aber gedacht. «Ich sage auch nicht, dass ich dir glaube», stellte ich klar. «Ich will mir nur selber ein Bild machen.»

Er lächelte. «Tu das, du wirst herausfinden, dass ich unschuldig bin. Ehrlich gesagt, habe ich in der letzten Zeit öfter Zweifel, ob das alles noch einen Sinn hat. Du machst mir Mut, ich werde weiterkämpfen. Wenn es neue Beweise gibt, muss der Prozess neu aufgerollt werden, diesmal sage ich aus. Die Wahrheit muss endlich ans Licht kommen.»

«So weit ist es noch lange nicht, Jan. So ein Blog beweist gar nichts.»

Jan überhörte meinen Einwand.

«Ich brauche einen Anwalt.»

Ich dachte sofort an Ruth. Ein guter Vorwand, mich schon wieder bei ihr zu melden. «Ich kann mich mal umhören.»

Kurz darauf wurde mir derart unwohl, dass ich rausmusste. Ich liess Mutter und Sohn alleine.

Der Weg vom Besucherraum kam mir unendlich lang vor. Ich schwitzte, rechnete jeden Augenblick damit, dass jemand kommen und mir sagen würde, dass ich dableiben müsse. Erst als ich im Frankental auf den Dreizehner umstieg, fühlte ich mich wieder sicher. Ich wollte nie mehr zurück ins Gefängnis, nicht einmal als Besucher.

Greg war nicht zu Hause, ich setzte mich in den Garten und rief Ruth an.

«Was willst du?», fragte sie.

«Mit dir reden.»

«Lass mich raten. Du hast also jemanden kennengelernt und ...»

«Nein», unterbrach ich. «Ich brauche deine Hilfe.»

Ruth lachte. «Du hast also jemanden kennengelernt und wüsstest jetzt gern, wo du diese Wunderpillen herkriegst, ohne dich beim Doktor als Schlappschwanz outen zu müssen?»

«Nein, ich brauche deine Hilfe als Juristin.»

«Oh Gott. Hör zu, wenn du mich ausfragen willst, dann bitte bei einem Essen, du zahlst. Kennst du den Italiener beim Kreuzplatz? Das Essen ist okay, und es ist garantiert frei von Veganern, Paleos und anderen Leuten, die wir nicht sehen wollen.»

Wir verabredeten uns für sieben Uhr, sie kam eine Viertelstunde zu spät.

«Sorry, in der Kanzlei ist gerade die Hölle los, frag nicht.»

Ich fragte trotzdem.

«Hauptsächlich Scheidungen. Eigentlich habe ich genug davon, es ist nicht schön, was man da zu sehen bekommt. Je idyllischer die Vorstellungen zu Beginn sind, je aufwendiger die Hochzeit zelebriert wird, desto erbitterter wird am Ende gestritten.»

Ich schilderte ihr den Fall. Sie hörte aufmerksam zu.

«Remo Stadler hat doch seine Russentusse, ich dachte, der bekommt, was er will. Solche Lippen sind nur für eins zu gebrauchen, und weil die beiden sonst nichts gemeinsam haben, muss sie sehr gut sein.»

Sie sah mir in die Augen. «Nicht so gut wie ich.»

Ich wurde rot. «Würdest du Jan mal besuchen und über seine rechtlichen Möglichkeiten aufklären?»

«Pro bono meinst du?» Ich nahm nicht an, dass sie damit den U2-Sänger meinte, und nickte.

«Erstens habe ich keine Zeit, zweitens mach ich so einen Idealistenscheiss nicht, drittens vertrete ich keine Frauenmörder ... andererseits Stadler ... Wenn es stimmt, dass er die Frau belästigt hat, und wir das rausbringen, ist er Kebab.» Sie zog ihr Handy hervor. «Du hast Glück. Ich habe einen Klienten, einen alten Lover, der mit ein paar Kilo Koks erwischt wurde und in der Pöschwies hockt. Ich müsste ihn ohnehin wieder mal besuchen und könnte bei der Gelegenheit deinen kleinen Scheisser sehen.»

«Du bist die Beste, danke. Was hast du eigentlich gegen Stadler?»

«Er zerrt seine Kritiker vor Gericht, ist hart im Austeilen, aber total dünnhäutig, wenn es ums Einstecken geht.»

Nach dem Essen kam sie zu mir. Greg und Sandra sassen in der Küche und lächelten klebrig, als wir an ihnen vorbei in mein Zimmer gingen. Ruth war verschwunden, bevor der Morgen graute.

Eines Morgens rief Andrea an. «Jan ist in Gefahr. Er hat mich eben angerufen. Nachdem deine Anwältin ihn besucht hat, ist er schnurstracks zum Direktor gelaufen und hat gefordert, dass das Verfahren wieder eröffnet wird, weil es neue Beweise gäbe, die seine Unschuld belegten.» Ihre Stimme zitterte.

«Was für Beweise? Warum rennt er damit zu Bütikofer?» Jan konnte ganz schön blöd sein.

«Er hält es einfach nicht mehr aus. Er war schon immer so, von einem Extrem ins andere. Eben noch völlig am Boden und dann komplett euphorisch. Er wollte einfach zeigen, dass er bereit ist zu kämpfen.»

«Schlau ist das nicht, aber gefährlich?»

«Offenbar schon. Ein Sicherheits-Verwahrter wurde in seinen Pavillon verlegt, ein brutaler Kerl. Jan ist überzeugt, dass er auf ihn angesetzt wurde.»

Ich schüttelte den Kopf, was Andrea natürlich nicht sehen konnte. Kaum hatte ich etwas Vertrauen in Jan gefasst, zerstörte er es wieder. Was, wenn er tatsächlich ein grosses Problem mit der Realität hatte?

«Das klingt ziemlich abenteuerlich.»

«Der Mann heisst Albert Beckenried.»

«Ach, du liebe Zeit!»

Ich hatte Beckenried nur einmal von Weitem gesehen, als er zu einer Untersuchung gebracht wurde. Eine Knastlegende. Einer, der von den anderen Gefangenen isoliert in Einzelhaft gehalten wurde, wie die Kinderschänder und Babyquäler. Nur, dass er nicht vor den anderen geschützt werden musste, sondern sie vor ihm. Ein Dreifachmörder, der in der Untersuchungshaft einen Mithäftling vergewaltigt und umgebracht hatte. Seither wurde er verwahrt. Beckenried hatte nichts in der allgemeinen Abteilung verloren. Der Henker galt als nicht therapierbar. Den Namen hatte ihm der *Blick* verpasst, als sein letztes Opfer erhängt aufgefunden worden war. Ein schlecht fingierter Selbstmord. Jan drohte dasselbe Schicksal, nur dass bei ihm die Selbstmordthese nicht hinterfragt würde.

Direktor Bütikofer war Stadler untergeben. Hatte er seinem Chef von Jans Antrag berichtet? Er war der Star unter den Gefängnisdirektoren, es hatte ein Porträt in der Schweizer Illustrierten und eine Reportage im Fernsehen über ihn gegeben. Wenn es etwas zum Thema Gefängnis zu sagen gab, war er ein gefragter und williger Interviewpartner. Es war klar, dass er Ambitionen hatte. Wenn Stadler wirklich etwas mit dem Tod von Tamara zu tun hatte, wäre es für ihn natürlich äusserst praktisch, wenn Jan etwas zustiess. Der Fall würde nicht mehr aufgerollt. Nur war das hier Zürich, nicht Neapel.

«Du musst ihm helfen, Köbi, der bringt ihn um, schick sofort deine Anwältin hin.»

Ich rief Ruth an.

«So ein Idiot», schimpfte sie. «Ich habe ihm sehr deutlich gesagt, er solle den Ball flach halten. Er hätte nur die Vollmacht abgeben müssen, damit ich ihn besuchen und vertraulich mit ihm sprechen kann. Ich werde einen Antrag auf Verlegung stellen.»

Wir beendeten das Gespräch, eine halbe Stunde später rief sie wieder an. «Ich habe mit Bütikofer telefoniert. Er sagt, dass an der Geschichte nichts dran ist.» Sie klang ziemlich gestresst, als bereue sie schon, mir geholfen zu haben. Bei allen Zweifeln, die ich hatte, ich wollte mir nicht vorwerfen müssen, nichts unternommen zu haben, wenn Jan plötzlich einem tragischen Unfall zum Opfer fiel oder Selbstmord beging.

GANGSTERS
(The Specials)

Ich wählte die einzige Nummer, die ich auswendig kannte. Obwohl ich sie noch nie benutzt hatte.
«Ja», schnarrte eine raue Stimme.
«King Kobra? Hier ist Köbi.»
Es grunzte.
«Kann ich dich heute Abend treffen?»
Ich bekam eine Adresse in Dübendorf und schwang mich aufs Velo. Mein Handy führte mich zu einem Haus in einer ruhigen Seitenstrasse, ein besseres Wohnquartier. Eine Reihe stattlicher Einfamilienhäuser mit Garten, grossen Doppelgaragen, asymmetrischen Giebeldächern. Die in den Siebzigerjahren gebauten, ursprünglich identischen Häuser waren individuell ausgebaut worden. Bei einigen liess sich der Originalzustand nur noch erahnen. Das Haus, vor dem ich stand, war pink gestrichen, ein hoher Zaun mit goldenen Spitzen umgab das Gebäude, ein Teil der Gartenfläche war einem viereckigen Anbau geopfert worden, der gleichzeitig die Garage vergrösserte.

Ich klingelte am Tor und versuchte, freundlich in das Fischauge zu grinsen. Ich erwartete einen Summer, stattdessen kam ein bärtiger junger Mann aus dem Haus, kurze Haare, die Seiten ausrasiert. Er trug schwarze Trainingshosen, Plastiksandalen, ein enges Muskel-Shirt, Nacken und Arme waren tätowiert.

«Was?», schnauzte er.

«Ich bin mit King Kobra verabredet.»

Er musterte mich. Nicht, weil das ein saudummer Name war, sondern weil ich nicht wie einer aussah, der mit King Kobra verabredet war. Trotzdem schloss er auf und machte eine knappe Kopfbewegung. Ich folgte ihm ins Haus.

«Schuhe aus.» Er deutete auf einen Korb, in dem Plastiksandalen in allen Grössen lagen, ich fischte ein Paar heraus. Wir durchquerten auf einem weichen, grauen Teppichboden ein grosses Wohnzimmer. Eine Polstergruppe, bestehend aus einem schwarzen Kunstledersofa, auf dem ein Kleinflugzeug hätte landen können, und den dazugehörigen Sesseln, auf denen zwei stark geschminkte junge Frauen sassen, die eine trug ein Kopftuch und ein langes blaugrünes Kleid, die andere knallige, zerrissene Jeans. Sie hatte blondierte Haare, und ihre Fingernägel sahen aus, als liessen sich Dosen damit öffnen. Auf dem Fussboden spielten drei Kleinkinder mit blinkendem und lärmendem Plastikzeugs, vor einem grossen Bildschirm hockten zwei etwa Elfjährige auf dem Boden und spielten, beobachtet von ein paar kleineren Buben, mit einer Playstation. Ich nickte in die Runde, niemand nahm Notiz von mir. Wir stiegen in das Souterrain hinab. Der Muskelmann klopfte an eine Tür und rief etwas in einer Sprache, die ich nicht verstand. Von drinnen kam eine Antwort, und er öffnete die Tür. In dem Raum, den ich betrat, befanden sich eine beige Couch, ein grosser Bildschirm, eine Spielkonsole, ein Kühlschrank, ein Blechschrank, ein Schreibtisch. Es sah aus wie eine Mischung aus Jugendkeller und Büro. Es roch nach Schweiss und Popcorn.

Am Schreibtisch sass ein etwa vierzigjähriger Mann, das schwarze, mit viel Grau durchzogene Haar kurz geschnitten. Er trug das T-Shirt eines Kampfsportstudios und Trainingshosen. Auf dem Arm prangte eine tätowierte Königskobra. Das war sein Kampfname gewesen: «King Kobra». Vizeweltmeister in einer Brutalkampfsportart. Mehrfach vorbestraft. Zuletzt wegen Totschlags. Im Gegensatz zu mir hatte er nur vier Jahre bekommen, die Zeugenaussagen waren widersprüchlich gewesen. Zwei mochten sich auf einmal an gar nichts mehr erinnern. Im Knast hatten alle Respekt vor ihm. Laut Presseberichten, die von den Gefangenen bestätigt wurden, gehörte er zu einem berüchtigten libanesisch-türkischen Familienclan, der europaweit tätig war. Drogenhandel, Prostitution, Schutzgeld, Betrug, was auch immer, es hatte mich nie gekümmert, ob das alles stimmte, ich wollte es lieber nicht wissen. Kobra erhob sich, als ich hereinkam. Mir entging das leise Zucken in seinem Gesicht nicht. Ein gutes Zeichen.

«Köbi. Seit wann bist du wieder draussen?» Er drückte mich kurz an seinen harten, muskulösen Körper und deutete auf die Couch.

«Etwas mehr als einen Monat», ich liess mich in das beige Ungetüm sinken.

«Und schon hast du Ärger», grinste er und sagte etwas zu dem Mann, der mich hereingebracht hatte, worauf dieser den Raum verliess.

«Wie kommst du darauf?»

«Weil du sonst nicht hier wärst.» Kobra setzte sich neben mich.

«Machst du deine Übungen?» Ich schaute streng, er verzog das Gesicht und fuchtelte mit den Händen. «Ja, nein, ich weiss. Verdammt, der Stress, ich komm einfach nicht dazu.»

«Das solltest du aber, ich seh's dir doch an. Dein Rücken ...»
«Hör auf, Mann. Die ersten paar Monate habe ich sie gemacht, echt wahr, Dicker, schwör ich.» Er sah mir in die Augen. «Die Sache bleibt auch hier draussen unter uns.»

«Ganz sicher.» Es war unser Geheimnis, darum hatte er mir seine Nummer gegeben, als er ein halbes Jahr vor mir entlassen wurde: «Köbi, ich stehe in deiner Schuld. Wenn du irgendwas brauchst, kommst du zu mir», hatte er gesagt. Jetzt war es so weit.

Wir hatten in derselben Werkstatt gearbeitet, ich bei den Wäscheständern, er bei den Elektrotableaus. Mir war aufgefallen, dass er jedes Mal, wenn er aufstand oder sich auf seinen Drehhocker setzte, das Gesicht verzog. Jahrzehntelanges Kraft- und Kampftraining hatten ihm zugesetzt, er litt unter heftigen Rückenschmerzen, brauchte immer stärkere Pillen, die nach einer Weile nicht mehr wirkten. In einer Pause, als die anderen alle schon draussen am Rauchen waren – Kobra und ich waren die einzigen Nichtraucher in der Werkstatt –, sprach ich ihn an und zeigte ihm ein paar Übungen, die wir von da an täglich während der Pausen zusammen machten, wenn wir allein in der Werkstatt waren. Die Übungen wirkten, seine Schmerzen klangen langsam ab. Er konnte sich wieder bewegen wie ein schwedischer Austauschschüler.

«Verdammt, du hast geschafft, was die Pillen nicht konnten», grinste Kobra eines Tages. «Was ist das eigentlich, was wir hier machen?»

«Yoga.»

Ich knallte mit dem Rücken gegen den Metallschrank, meine Füsse zappelten in der Luft. Ich begriff, warum er Kobra genannt wurde. Seine Hand war an meinem Hals, seine Augen blickten kalt. «Sei still. Kein Wort.»

Er liess mich los, ich sank an der Schrankwand entlang zu Boden. Kobra reichte mir die Hand und zog mich auf die Füsse.

«Dicker, wenn jemand erfährt, dass ich Yoga mache, bin ich erledigt. Das ist total schwul.»

Ich rieb mir den Hals. «Wieso das denn? Glaubst du etwa, ich sei schwul?»

Kobra gab mir einen Klaps auf die Wange und schüttelte den Kopf. «Nein, ich meine nicht so schwul, sondern schwul halt, du weisst schon, nichts für richtige Männer.»

«Ist das dein Ernst?»

«Todernst. Köbi, das verstehst du nicht. Mann, du bist ein Zivilist, bei euch herrschen andere Regeln. Schweizer Männer können Kinderwagen schieben und Velo fahren und über Gefühle sprechen und all so einen Scheiss. Ich nicht, hörst du. King Yoga, ich darf gar nicht daran denken. Wenn du jemandem erzählst, was wir hier machen, bring ich dich um. Verstanden?»

Ich nickte. Er meinte es ernst.

Am nächsten Tag führte mich Kobra während der Pause in einen Materialraum, den wir abschliessen konnten. Zwei neue Yogamatten lagen bereit. Ich stellte einen Ablauf zusammen, leitete ihn an, korrigierte und unterstützte ihn. Natürlich war ich kein Lehrer, ich war Autodidakt, hatte alle möglichen Yogabücher und DVDs bestellt und studiert. Die wollte ich Kobra ausleihen, doch er hatte kein Interesse.

«Du bist der Sensei, das ist deine Aufgabe.»

In den zwei Jahren, die wir zusammen im Knast praktizierten, machte er erstaunliche Fortschritte. Trotz der gewaltigen Muskelstränge, die sich schwer dehnen liessen. Doch wenn er keine Schmerzen litt, war er agil und zeigte ein exzellentes Körpergefühl. Dass wir im Geheimen üben mussten, schweisste uns zusammen.

Seit ich in Freiheit war, hatte ich ein paar Studios besucht, unter anderem eines für Männer. Alle Teilnehmer waren muskulös, tätowiert und bärtig, sahen aus wie die Proleten und Kleinkriminellen in den amerikanischen Fernsehserien der Nullerjahre, arbeiteten aber im Marketing oder der Projektleitung. Wenn sie wüssten, dass die richtig harten Jungs sie, die Harleyfahrer, FC-Barcelona-Fans und *Weltwoche*-Leser, als Weicheier betrachteten.

«Dicker», riss mich Kobra aus meinen Gedanken. «Was ist, was brauchst du?»

«Es geht um Jan.»

«Hör auf mit dieser Nervensäge.»

«Er hat ein grosses Problem, Albert Beckenried ist zu ihm in den Pavillon verlegt worden, in die Zelle genau gegenüber.»

«Der Henker?»

«Die Anweisung kommt von ganz oben.» So knapp es ging, erzählte ich, was los war.

Kobra grinste. «Wenn das herauskommt, hat Bütikofer ein Problem.»

«Ein gröberes.»

Als Bütikofer Direktor wurde, hatte er sich sofort darangemacht, die internen Strukturen zu zerschlagen. Bestechliche Mitarbeitende wurden versetzt oder entlassen, insgeheim geduldete Privilegien gestrichen, Handys und Drogen konfisziert, Kobra für eine Zeit in den Sicherheitstrakt verlegt. Es kostete ihn eine Menge Geld und fast ein Jahr, bis er neue Strukturen aufgebaut hatte, die griffen. Es war ein Kampf um die Hoheit im Knast gewesen.

King Kobra nahm ein Handy aus der Schublade, wählte und gab kurze Anweisungen, wieder redete er in einer Sprache, die ich nicht verstand.

«Der Henker wird ausgeschaltet», nickte er und liess das Handy wieder verschwinden. In der Pöschwies waren keine Handys erlaubt. Trotzdem hatte er von dort angerufen und Befehle erteilt. Darum hiess er auch nicht Kobra, sondern King Kobra. Mühsam erhob er sich aus dem Sofa.

Ich stand ebenfalls auf. «Ich lasse dich wieder in Ruhe.» Seine eisernen Finger packten mich am Oberarm.

«Du bist hier, also fangen wir wieder an, jetzt gleich.» Er öffnete einen Schrank, reichte mir ein Paar Trainingshosen und schloss die Tür. Wir praktizierten ungefähr vierzig Minuten lang auf dem Spannteppich. Er stöhnte und fluchte die ganze Zeit.

«Ich glaube, das reicht für heute», sagte ich. Die Totenstellung liessen wir aus. Die hatte er nie akzeptiert.

«Den toten Mann mach ich, wenn ich tot bin. Herumliegen ist doch keine Übung!», hatte er damals gesagt.

«Du kommst jede Woche einmal vorbei, Dicker!», bestimmte er.

«Geht dir der Montag? Da habe ich frei.»

«In Ordnung, passt. Wir sehen uns am Montag.»

Kobra öffnete die Tür, rief etwas hinaus und drückte mich an sich. «Mach dir keine Sorgen wegen Jan.»

«Jetzt nicht mehr.»

DIRTY DEEDS DONE DIRT CHEAP
(AC/DC)

Am nächsten Tag googelte ich auf dem Handy immer wieder die Namen «Pöschwies» und «Albert Beckenried». Um 12.13 Uhr meldete der *Blick* online einen Zwischenfall, sogar ein verschwommenes Handyfoto mit dem Logo «Leserreporter» gab es. Wohl von einem Wärter, der auf Kobras Lohnliste stand. Albert B., der Henker, war am Morgen, kurz nach Aufschluss, in eine Schlägerei verwickelt und schwer verletzt worden. Die Frage war nur, was er im allgemeinen Trakt verloren hatte. Die Gefängnisleitung wollte sich nicht zu dem Vorfall äussern. Die Reporter würden dranbleiben, dafür sorgte Kobra. Der Journalismus war in der Krise. Ein kleiner Cash-Bonus, Informationen aus dem Milieu oder ein Gratisbesuch im Bordell konnten viel bewirken. Bütikofer hatte definitiv ein Problem.

Wenig später rief Andrea an und berichtete, dass Jan wohlauf sei.

«Da hat er noch mal Glück gehabt», sagte ich. Andrea schöpfte keinen Verdacht.

Im Gegensatz zu Ruth, die sich wenig später meldete.
«Das ist schon ein grosser Zufall.»
«Ein sehr grosser», gab ich zu.
«Ich glaube nicht an Zufälle. Andererseits kann ich mir nicht vorstellen, dass du in der Lage bist, so etwas anzuzetteln, schon gar nicht in so kurzer Zeit.»
«Vielleicht unterschätzt du mich», kokettierte ich.
«Kaum.»
«Hast du schon Akteneinsicht nehmen können?»
«Nur kurz.»
«Weisst du, wo genau Tamara umgebracht wurde?»
Ich notierte die Adresse. «Sehen wir uns am Wochenende?»
«Mal sehen, ich melde mich.»
Bei Kobra meldete ich mich nicht. Auch wenn die Nummer, die er verwendete, sicher war, gab es keinen Grund, mich oder ihn in Gefahr zu bringen. Ich würde ihm am Montag danken. Weil es heutzutage im Internet alles gab, bestellte ich etwas Passendes.

Das Ermittlerfieber packte mich. Ich wollte das Haus sehen, in dem Tamara umgebracht worden war. Es befand sich in einer Seitenstrasse der Badenerstrasse, genau gegenüber gab es einen Kebabladen. Das Fleisch, das sich dort am Spiess drehte, war in beklagenswertem Zustand, der Mann hinter dem Tresen wirkte ähnlich mitgenommen. Es gab eine Menge solcher Läden in der Stadt. Hinter den meisten verbarg sich ein tragisches Schicksal. Einwanderer, die ihr Leben lang hart gearbeitet hatten, so hart, dass ihr Rücken mit Mitte fünfzig kaputt war und sie ihren Job aufgeben mussten, investierten ihr ganzes Erspartes samt Pensionskassenguthaben in die Lokale, weil man ihnen weisgemacht hatte, sie würden gut laufen. Hatte es nicht der Besitzer der New-Point-Läden zum Millionär gebracht? Zwei Jahre später waren sie pleite und hatten Schulden bei den Leuten, die ihnen den Kebabstand angedreht hatten. Sie flogen raus, und der nächste arme Teufel ging den Verkäufern auf den Leim. So gab es eine Menge Imbissbuden, die sich nie rentierten, aber trotzdem nicht eingingen. Wie diese hier, deren einziger Gast ich war. Ich kaufte eine PET-Flasche Cola Zero, setzte mich ans Fenster und beobachtete den gegenüberliegenden Hauseingang. Altbau, unrenoviert, das Haus wirkte wie ein fauler Zahn in einem ansonsten perfekten Lächeln. Das Trendquartier Wiedikon war in rasanter Aufwertung begriffen. In dem Haus gingen junge Leute und Ausländerfamilien ein und aus. Einige benutzten einen Schlüssel, andere verschafften sich mit einem Schlag gegen den Knauf der Haustür Zutritt. Ich wollte schon selber testen, ob es hier einen besonderen Trick gab oder ob man einfach nur viel Kraft brauchte, um in das Haus zu kommen, als Rafi aus der Tür trat. Ich lief ihm entgegen.

«Rafi, ich habe Neuigkeiten. Ich zahl dir ein Bier», rief ich. Er zögerte, ehe er die Strasse überquerte. Zu zweit betraten wir den Imbiss, Rafi begrüsste den Besitzer und fischte eine Dose Efes aus dem Kühlschrank. Ich nahm ein Mineralwasser. Wir setzten uns an den Tisch am Fenster.

«Was schnüffelst du hier herum? Bist du doch ein Spitzel?»

Es dauerte einen Moment, ehe der Zwanziger fiel, oder der Bitcoin, wie man heute sagen würde, der fiel ständig.

«Du wohnst in der Wohnung, in der es passiert ist, auch immer wieder mal!»

«Du merkst auch alles.» Wenigstens lächelte er. «Wenn du tatsächlich ein Spitzel bist, bist du ein ziemlich mieser.»

«Warum bist du nicht umgezogen?»

«Wohin denn? Die Wohnung ist billig, sie liegt zentral. Jan, Tam und ich haben eine Zeit lang zusammengewohnt. Sie ist drei Wochen vor der Tat ausgezogen. Der Vertrag läuft auf mich, Jan war noch in einer Genossenschaft angemeldet.»

«Ist das nicht …» Ich wollte sagen, Beschiss.

«Ob es nicht Scheisse ist, jedes Mal, wenn ich die Küche betrete, an Tam erinnert zu werden, daran, wie sie gestorben ist? Doch, es ist Scheisse, elende Scheisse. Es hält meinen Hass am Leben, meinen Hass auf den, der sie umgebracht hat.»

«Du standest ihr nahe?» Dumme Frage.

«Ich habe sie geliebt.» Rafi trank einen grossen Schluck Bier und drehte die blau-weisse Dose in der Hand. «Klassisch, kitschig, ich weiss. Ich liebte die Freundin meines besten Freundes. Klar habe ich es mit anderen Frauen versucht, aber es hat nie gestimmt, verstehst du? Ich kam mir vor wie ein Betrüger, Tam und der Frau gegenüber, auf die ich mich halbherzig einliess. Nein, wir hatten nie etwas, sie wusste nicht einmal, was sie mir bedeutete.» Er sah mir ins Gesicht. «Die beiden führten eine stürmische Beziehung, doch Tam war dabei, sich zu trennen. Jan wusste genau, dass er nie wieder mit so einer Frau zusammen sein würde. Als sie sich kennenlernten, war sie die idealistische Streberin aus dem Aargau, beeindruckt vom wilden Strassenkämpfer mit den radikalen Ansichten. In den letzten Jahren hat sie ihn überflügelt. Sie war intelligenter, mutiger und ehrgeiziger als er. Sie kümmerte sich in Ungarn um Flüchtlingskinder, während er in Zürich Stadträten Bier über den Kopf schüttete. Das sagt eigentlich alles. Noch so ein Klischee, dass die Besten jung sterben, aber bei ihr stimmt es. Sie war entschlossen, fokussiert und warmherzig. Eine echte Kämpferin.»

«Warum hat sie dann dieses Praktikum bei der Justizdirektion gemacht?»

«Sie hat sich während der Flüchtlingskrise im Herbst 2015 engagiert. Hat Spenden gesammelt, ist mit einem Konvoi nach

Ungarn gefahren. Sie hat mehrere Wochen vor Ort geholfen, unter denselben miesen Bedingungen gelebt wie die Flüchtlinge, nicht wie die Leute von den NGOs, die im Hotel wohnen und mit dem SUV vorfahren. Diese Zeit hat sie verändert. Sie hat Dinge erlebt, die sie nie mehr vergessen konnte. Kinder, die bei Kälte draussen schliefen, ohne Decken, in dünnen Kleidern, die krank wurden, aber keine Hilfe bekamen. Kinder, die einfach verschwanden. Zu der Zeit waren es schon zehntausend Kinder, von denen niemand wusste, wo sie sind. Sie sind bis heute nicht aufgetaucht. Es gibt welche, die im Untergrund leben, andere wurden ganz einfach verkauft, als Arbeits- oder Sexsklaven. Die Jüngsten waren gerade mal zehn Jahre alt. Hier, mitten in Europa, bei uns, die wir so stolz sind auf unsere humanitäre Tradition, die wir andere Länder wegen ihrer Menschenrechtsverletzungen kritisieren, interessiert das keine Sau.» Rafi hatte sich in Rage geredet, und ich schämte mich, zu denen zu gehören, die von alldem lieber nichts wissen wollten. Im Knast hatte ich eine gute Entschuldigung, jetzt war ich wieder draussen. Was hätte ich tun sollen? Auf Demos gehen, bei denen man sich gegenseitig versichert, auf der richtigen Seite zu stehen? Ehrenwert, hilflos und ohne jegliche Wirkung. Demonstrationen sind nur wirksam, wenn sie regelmässig stattfinden und viele Menschen daran teilnehmen. Ein paar Hundert Leute, ein paar Mal pro Jahr, das beeindruckt niemanden. Zurzeit mobilisierten vor allem die Rechtsextremen in Ostdeutschland erfolgreich. Sie beherrschten die Schlagzeilen, es war ihnen gelungen, den rechten Rand aufzureissen. Die Grenzen des Akzeptablen zu verrücken, bis tief ins Bürgertum hinein. Vor allem ging es ihnen darum, die Leute loszuwerden, für die Tam sich eingesetzt hatte. Ein Vergewaltiger reichte zur Diskreditierung Zehntausender. Auch die Schüler setzten mit den Klimastreiks die Protestform erfolgreich ein. Immerhin so erfolgreich, dass die Konservativen ihre alten, seit den Achtzigerjahren vor sich hin modernden Argumente wieder hervorkramten. Damals schon sprachen sie ständig von den fremdgesteuerten, naiven Jugendlichen, die besser lernen, dankbar sein und vor der eigenen Türe wischen sollten, anstatt unverschämte Forderungen zu stellen. Die altvertraute Ranzigkeit dieser Tiraden liess mich nostalgisch werden.

Rafi trank sein Efes und wischte sich mit dem Handrücken über den Mund. «Sie erlebte Stadlers Aufstieg hautnah. Sie nahm seine harte Asylpolitik persönlich. Mit vierzehn war sie den jungen Grünen beigetreten, ursprünglich aus Tierliebe. Die Parteimitgliedschaft hat ihr wahrscheinlich geholfen, die Stelle zu bekommen. Oder auch nicht, sie war bestimmt die beste Kandidatin, sie hatte exzellente Noten, war hochintelligent und fleissig. Sie wollte das System von innen kennenlernen, um zu wissen, wo sie den Hebel ansetzen musste, um wirklich etwas zu verändern. Ich bin überzeugt, dass sie das erreicht hätte.»

Das glaubte ich auch, musste aber an all die Idealisten denken, die mit guten Vorsätzen gestartet waren, Kompromisse machten, sich einrichteten und schliesslich selber Teil des Systems wurden. Den Bewegten meiner Generation, von denen viele aus gutem Hause stammten, war es, wie sich im Nachhinein herausstellte, nicht um Veränderung gegangen. Sie hatten nur ein Stück vom Kuchen gewollt. Kaum hatten sie es, interessierten sie die Verhältnisse in der Bäckerei nicht mehr.

«Wie ging das, dass sie für Stadler arbeitete, obwohl sie in ihm den Feind sah?», ich versuchte, die Gespenster der Vergangenheit zu verscheuchen.

«Tam gehörte zu den Menschen, die sich in jedem Umfeld bewegen können, im Flüchtlingslager oder am Recruting-Anlass einer Unternehmensberatung an der Uni. Sie fand überall die richtigen Worte, die richtige Stimmlage, wenn sie mit Leuten sprach, darum habe ich sie beneidet. Sie ging dazwischen, wenn auf Partys Schlägereien losbrachen, sie konnte harte, komplett verstrahlte Jungs beruhigen. Sie war furchtlos.»

«Vielleicht ist ihr das zum Verhängnis geworden.»

Rafi merkte, dass er viel zu viel erzählt hatte, und wollte aufstehen.

«Wenn du jetzt wieder mit dieser Verschwörungstheorie kommst, dass Stadler Tam umgebracht hat oder umbringen liess, vergiss es.»

«Es gab einen Versuch, Jan im Knast kaltzustellen.» Ich erzählte ihm, was vorgefallen war. «Natürlich beweist das nichts, aber es wäre eine allzu unglückliche Verkettung von Umständen.»

Er spielte mit seiner Bierdose. Sie war leer.

«Noch eins?», fragte ich. Er nickte, und ich holte eine neue Dose aus dem Kühlschrank. Der Besitzer lächelte und deutete auf sein schwitzendes Gammelfleisch, ich schüttelte den Kopf.

«Warst du in der Wohnung, als es passiert ist?»

«Nein, ich war Snowboarden und bin erst am Tag darauf heimgekommen. Die Tür stand offen, eine Nachbarin von der WG im dritten Stock hat Tam gefunden.»

«Wo war Jan?»

«Kam eine Stunde später, als die Bullen schon da waren. Joggen will er gewesen sein. Die Tatwaffe lag noch auf dem Küchenboden.»

«Das Rasiermesser?», erinnerte ich mich.

«Sein Rasiermesser», korrigierte Rafi.

«Wieso hatte er ein Rasiermesser?»

«Um sich zu rasieren. Er wollte weder Plastikmüll produzieren noch Strom verbrauchen, darum hat er es auf die traditionelle Art gemacht, mit Ziehleder und allem.»

«Machst du das auch so?»

«Nein, ich hab's versucht, aber ich bin fast verblutet dabei. Jan konnte mit dem Messer umgehen.»

«Wenn er die Wohnung nach der Tat verlassen hat, warum liess er das Messer liegen?», fragte ich. Jan war zwar blöd, aber so blöd?

«Was weiss ich, Stress wahrscheinlich.»

«Hast du nicht gesagt, Tam habe nicht mehr bei euch gewohnt?»

«Vielleicht wollte sie ein paar Sachen holen, die noch bei uns waren. Sie war zu einer Studienkollegin gezogen, die in einem seriösen Haus wohnte, hatte aber noch einen Schlüssel. Kurz vor der Tat hat Jan dort Sturm geläutet und rumgetobt, weil er glaubte, dass sie einen anderen bei sich hatte.»

«Regierungsrat Stadler?»

«Irgendwen. Was weiss ich? Wie gesagt, für Tam war die Sache gelaufen. Natürlich war es Jan gewesen, der eine offene Beziehung wollte, keine festen Bindungen, kein Besitzdenken und so, er hatte Erfolg bei den Frauen. Jemand rief die Bullen, er wurde verhaftet. Dieser Vorfall sprach natürlich beim Prozess gegen ihn.»

«Warum hat er eigentlich nicht ausgesagt?»

«Jan war bei politischen Aktionen dabei.» Rafi sah sich um, ob wir belauscht wurden. Es herrschte keine Gefahr in dem leeren Lokal, und die Idee, dass ich ein Spitzel war, hatte er aufgrund meiner Inkompetenz wohl aufgegeben. «Sprayen, Plakate kleben, Demos, wir waren zusammen am WEF, haben gegen das WTO und die G8 protestiert. Die Gefahr, verhaftet zu werden, besteht immer. Maul halten ist das Erste, was man lernt. Wahrscheinlich wollte er damit zeigen, dass er sich treu geblieben ist, dass er einer von uns ist. Hat leider nicht funktioniert. Alle glauben, dass er es war.»

«Und du?»

«Ich auch. Bis jetzt. Dass Stadler versucht, ihn im Gefängnis auszuschalten, ist schon krass. Wenn wir ihn stürzen könnten ... Verdammt, es wäre die erfolgreichste politische Aktion, die wir je gemacht haben. Tam wäre nicht völlig umsonst gestorben.»

«Hat sie ausser dem Blog noch anderes Material zurückgelassen?»

«Die persönlichen Gegenstände gingen an ihre Eltern zurück.»

«Auch das Handy?», fragte ich. «Da wären wahrscheinlich die Nachrichten drauf, die sie mit Stadler ausgetauscht hat.» So zumindest interpretierte ich die Nachrichten in der Geschichte von der grünen Fee und dem Sonnenkönig.

Rafi nahm einen Schluck Bier, knackte mit der Dose.

«Du verstehst nicht wirklich was von diesen Sachen, stimmt's?»

«Rein gar nichts», gab ich zu.

«Wenn sie Material gesammelt hat, hat sie es auf ihrem Account gespeichert.»

«Du meinst so was wie ihr iCloud-Konto?» Ich wollte jetzt nicht ganz von vorgestern wirken.

«Etwas in der Art. Nur, dass sie nicht bei Apple war oder bei Google oder sonst so einem Gratisdienst, bei dem man mit Daten bezahlt. Sie hatte ihr Konto bei einem kleinen unabhängigen Anbieter, der hohen Wert auf Verschlüsselung und Privatsphäre legt.»

«Woher weisst du das?»

«Weil ich ihr geholfen habe, das Konto einzurichten. Das geht nicht so bequem wie bei den grossen Anbietern.»

«Sie ist seit fast zwei Jahren tot, die Daten sind doch längst gelöscht.»

«Das lässt sich herausfinden. Die Leute, die den Dienst betreiben, sind Freunde von mir. Es ist ein lokales, nicht-kommerzielles Projekt. Gib mir deine Nummer.»

Ich schrieb sie auf den Rand der Gratiszeitung. Rafi steckte sie ein, trank sein Bier aus und verliess den Laden. Ich bezahlte die Getränke und kaufte einen Kebab, den ich zwei Strassen weiter in den Abfallkübel stopfte. Der Hai, wie der Zürcher Designkübel hiess, frass ihn klaglos. «Food Waste» nannte man das, doch ich hatte das Essen aus Mitleid gekauft, nicht um mich zu vergiften.

Zu Hause setzte ich mich an den Computer. Über die Seite, auf der Tamaras Blog aufgeschaltet war, kam ich zu der Homepage eines Anbieters, auf dem sich Links befanden, die zu Websites führten, auf denen autonome Gruppen ihre Inhalte präsentierten.

Die Parolen waren im antiimperialistischen Imperativ formuliert: Bonzen zerschlagen! Kapital angreifen! Manchmal kam ein Adjektiv dazu: Reaktionären Strukturen entgegentreten! In meinem Kopf entstand das Bild einer Gruppe schwarz gekleideter Menschen, die mit verschränkten Armen und ernsten Mienen vor den Strukturen standen, die ich mir als kantige Gebilde aus grauem Stahlbeton vorstellte.

Fotos laufender Spray-, Tag- und Kleberaktionen wurden auf Facebook und Instagram geteilt. Ganz ohne reaktionäre Strukturen ging es doch nicht.

COMPUTERWELT
(Kraftwerk)

«Wir haben das Konto gefunden.» Rafi war am Telefon, ich kam gerade von der Yogastunde bei Kobra.

«Was ist mit den Daten?»

«Das ist das Problem, an die kommen wir nicht ran.»

«Warum nicht?»

«Weil man ein Passwort braucht.»

«Der Provider kennt doch das Passwort.» Ich hatte mich schlaugemacht.

«Eben nicht, es ist verschlüsselt gespeichert, damit die Daten sicher sind.»

«Kann man das nicht hacken?»

«Nein. Auf diesen Servern liegen Daten, an denen Geheimdienste interessiert sind. Es geht um Sicherheit, nicht um Bequemlichkeit. Wenn sie die Anweisungen zum Erstellen des Passwortes befolgt hat, wird es schwierig, da ranzukommen, um nicht zu sagen, unmöglich.»

«Du hast ihr doch das Konto eingerichtet, hast du dir das Passwort nicht gemerkt?»

«Natürlich nicht, das hat sie selber bestimmt und eingegeben, da habe ich nicht hingeschaut. Das ist doch Ehrensache», antwortete Rafi.

Ehrensache, aber saublöd. Wir beendeten das Gespräch.

«Du hast mir das Leben gerettet.» Diesmal war Jan am Telefon, es war Mittwoch, ich sass am Steuer, und für einmal rief er genau im richtigen Moment an.

«Ach was.»

«Danke, dass du mich unterstützt und mir eine Anwältin besorgt hast. Obwohl ich glaube, sie mag mich nicht besonders.»

«Muss sie auch nicht», verteidigte ich Ruth. Wäre ja noch schöner, wenn ihr so einer gefallen täte.

«Hör zu, du kennst nicht zufällig das Passwort für den Webaccount von Tam.»

«Natürlich: Gr3En_f4iRy.» Er buchstabierte, ich schrieb auf. Es war ein Risiko, das Anstaltstelefon wurde abgehört.

«Wieso kennst du ihr Passwort?», fragte ich.

«Es stand auf einem Post-it-Zettel, der eine Zeit lang unter ihrem Schreibtisch befestigt war. Ich konnte nicht widerstehen, ich war halt neugierig – und eifersüchtig.»

«Hast du etwas gefunden, das deine Eifersucht gerechtfertigt hätte?»

«Ich habe es nie benutzt.»

«Das glaub ich dir nicht.»

«Es wäre ein massiver Vertrauensbruch gewesen, stell dir vor, sie hätte es gemerkt …»

«Komm schon, die Versuchung ist einfach zu gross. Du hast vor ihrer neuen Wohnung rumgetobt, weil du etwas gefunden hast.»

«Nein, da war ich ganz einfach dicht.»

Es ärgerte mich, dass er Quatsch erzählte. Warum sollte ich mich für einen Lügner einsetzen? Ich war geneigt, alles hinzuschmeissen.

«Ich informiere deine Mutter, wenn es was Neues gibt», beendete ich das Gespräch. «Spar dein Telefonguthaben.» Ich wollte nicht, dass er mich ständig anrief. Obwohl, das Ohr abkauen konnte er mir nicht, die Gespräche wurden nach zehn Minuten unterbrochen, und man konnte erst eine Stunde später wieder mit seiner Karte telefonieren, damit niemand den Apparat blockierte.

Das Passwort schickte ich per SMS an Rafi. Eine Stunde später kam die Antwort. «Morgen 18.00 Uhr bei mir.»

Ich arbeitete über Mittag durch, um rechtzeitig fertig zu sein.

In der Küche sass Jerry, Rafi stellte uns vor.

«Das ist Michi. Ihr habt euch ja schon einmal getroffen.»

«War ja nicht persönlich gemeint», murmelte Jerry alias Michi.

«Nichts für ungut.» Ich reichte ihm die Hand.

«Tut mir leid, wenn wir ein bisschen übereifrig waren, aber die Bullen und private Sicherheitsdienste versuchen immer wieder, unsere Strukturen zu unterwandern.»

«Willst du etwas trinken?», fragte Rafi.

Ich bekam ein Glas Hahnenwasser. Die jungen Männer tranken einheimisches Bier aus Pfandflaschen.

Michi setzte sich mit seinem Laptop zwischen uns, scrollte und klickte durch das Mailprogramm. Nachrichten und Antworten waren per Link miteinander verbunden. Eine lange Liste.

«Das sind die Botschaften, die der König der grünen Fee zukommen liess», erklärte Michi.

«Du hast den Blog gelesen?», fragte ich.

«Erst vor ein paar Tagen.»

«Ich hätte eher ein Messengerprogramm erwartet. Snapchat

oder so was, bei dem alle Nachrichten sofort gelöscht werden. Stadler ist doch auf allen sozialen Medien präsent.»

«Das erledigt wahrscheinlich jemand für ihn. Er bevorzugt ganz altmodisch E-Mail, er drückt sich halt ausführlich und gewählt aus.»

«Hat er die von seinem offiziellen Account verschickt?»

«Nein, von einem GMail-Account.»

«Bist du sicher, dass der Account Stadler gehört?»

«Das ist eindeutig», sagte Michi. «Siehst du, er nennt sie Frau Weber, sie ihn Herr Stadler. Zumindest am Anfang.» Er rückte zur Seite. «Lies halt selber.»

Die Korrespondenz begann mit einer Einladung. Stadler fragte, ob sie zu einer Tagung nach Luzern mitkomme. Eine Gelegenheit, sich ein bisschen kennenzulernen. Tamara sagte zu.

Bald folgten allgemeine Schwärmereien, Lob über ihre beruflichen Fähigkeiten, Komplimente zu ihrem Aussehen und ihrer Persönlichkeit.

Tamara antwortete freundlich und neutral. Ihre Nachrichten enthielten keine Ermutigung, aber auch keine klare Absage. Der Verehrer wurde zusehends schwülstiger.

«Es sieht ganz so aus, als hätte sich Stadler ernsthaft verliebt», kommentierte Michi.

Rafi lachte etwas zu laut. Ich las weiter. Inzwischen waren die beiden offenbar per Du. «Zum ersten Mal in meinem Leben fühle ich mich von einer Frau wirklich verstanden. Ich habe immer nur gearbeitet, nur auf meinen Kopf gehört, getan, was von mir erwartet wurde, alles der Karriere untergeordnet. Mein Herz war ausgeschaltet, verkümmert. Bis ich Dich traf. Was ich für Dich empfinde, das kann ich gar nicht beschreiben. Bitte, Du musst mir eine Chance geben.»

Sie verwies darauf, dass er mit Viktoria verheiratet war und sie einen Freund hätte, Jan.

«Lass mich ehrlich sein, Remo», schrieb sie. «Du weisst, dass ich mit deiner Politik nicht einverstanden bin. Ich finde, dass du deine Werte verraten hast.»

Stadler rechtfertigte sich in der nächsten Mail. «Du hast vollkommen recht, liebe Tamara, siehst Du, Du verstehst mich. Irgendwann ging es mir nur noch um die Karriere, um das Glanzresultat. Auch ich bin einst aus Idealismus in die Partei eingetreten, auch ich will die Welt verändern.»

«Indem du Kinder in Kriegsgebiete ausschaffen lässt?», fragte sie in ihrer Antwort. Stadler konnte nicht aus seiner Haut, er musste seine Verdienste aufzählen. Tamara hielt sachlich dagegen.

«Jetzt wird es erst richtig interessant.» Michi zeigte auf den Bildschirm.

«Herr Stadler», Tamara kehrte auf einmal zum Sie zurück. «Sie haben mich im Anschluss an den Empfang im Landesmuseum bedrängt. Sie haben versucht, mich zu küssen, und mich festgehalten, obwohl ich Sie gebeten habe, damit aufzuhören. Wenn noch einmal so etwas vorkommt, sollten Sie noch einmal versuchen, mich zu umarmen oder zu küssen, werde ich die zuständigen Stellen informieren», las ich.

«Zwei Wochen später war sie tot», sagte Michi.

«Glaubst du, dass Jan ihre Mails gelesen hat?», fragte Rafi.

«Er sagt Nein. In seiner Botschaft hatte er etwas von Beweisen geschrieben, was darauf hindeutet, dass er von den Mails wusste.»

Michi stiess Luft aus. «Ich wäre froh, wenn das stimmt.»

«Was geht dich das an?»

«Als Jan an jenem Abend vor dem Haus ihrer Freundin rumgetobt hat, war ich bei ihr. Mir wäre wohler, wenn er geglaubt hätte, sie sei mit Stadler dort.»

«Ihr hattet eine Affäre?» Das klang jetzt schrecklich altmodisch, nach dem Zeitvertreib von Herrschaften, die den Pannenstreifen mit der Überholspur verwechselten.

«Affäre ist zu viel gesagt. Ich war ein Vorwand, die Beziehung zu beenden.»

«Sie hat dich benutzt?»

Hatte der unglücklich verliebte Rafi Tamara verklärt? War sie in Wirklichkeit durchtrieben und berechnend? Hatte sie Stadler eine Falle gestellt, eine Honey Trap?

Michi grinste. «Da gehören schon zwei dazu. Von ihr liess ich mich gern benutzen. Sie war ein besonderer Mensch, ich weiss nicht, wie ich es sagen soll, auf alle Fälle wundert es mich nicht, dass Stadler auf sie abgefahren ist.»

Ich schaute zu Rafi, den das Drehen einer Zigarette vollständig in Beschlag nahm.

«Wie geht es weiter, was machen wir jetzt?»

«Wir löschen ihr Konto. Die Daten speichern wir an einem sicheren Ort. Unternehmen werden *wir* gar nichts.» Michi klickte ein paar Mal, mein Handy surrte. «Ich habe dir das Material geschickt. Was du damit machst, ist deine Sache.»

«Ich werde mich mit der Anwältin von Jan über das weitere Vorgehen beraten und halte euch auf dem Laufenden. Danke, dass ihr mir geholfen habt.»

«Die Daten sind heiss, aber sie beweisen nicht, dass Stadler Tam umgebracht hat.» Michi stand auf. «Solange das nicht bewiesen ist, bleibt Jan für mich der Täter. Das ist typisch für Egozentriker und Narzissten, sie glauben, dass eine Frau nur ihnen gehört, niemandem sonst. Wenn ich sie nicht bekomme, bekommt sie auch kein anderer. Der ganze Scheiss. Mein Alter war einer von der Sorte.»

Ich widersprach nicht. Rafi brachte mich nach unten, obwohl das nicht notwendig war.

«Richte Jan einen Gruss von mir aus», brummte er.

«Immerhin», dachte ich.

DIE PÄRCHENLÜGE
(Lassie Singers)

Für das Migros-Restaurant war es zu spät, ich kaufte mein Essen beim Thai an der Badenerstrasse und fuhr mit dem Dreier nach Hottingen. Weil das rote Curry schon kalt war, ging ich in die Küche, um es aufzuwärmen. Am Küchentisch sassen Greg und Sandra beim Essen und schwiegen Löcher in den mit modernsten Geräten ausgestatteten, altehrwürdigen Raum.

«Setz dich doch zu uns, wir sehen uns so selten», forderte mich Greg auf und lächelte, als hätte ihn ein Zwergnashorn in den Hintern gepikst. Sandra schaute ungut, sie wirkte angespannt. Ich wärmte mein Essen auf und setzte mich an den Tisch.

«Wie geht es Ruth? Seht ihr euch?», fragte Sandra aufgesetzt freundlich.

«Selten. Sie ist sehr beschäftigt.» Ich ass mein Curry, es war okay. Das Essen, das auf dem Tisch stand, sah besser aus. Greg bot mir davon an. Ich hatte mich inzwischen an die Standardexotik eines Take-away-Thaicurrys gewöhnt, diese raffinierte Küche würde mich immer noch überfordern.

«Woher kennst du Ruth eigentlich?», lenkte ich von mir ab.

«Hat sie dir das nicht erzählt?» Sandra war irritiert. Sie konnte sich nicht vorstellen, dass es für Ruth und mich etwas Spannenderes geben konnte, als über sie zu sprechen.

«Wir waren zusammen an der Uni und engagierten uns in derselben Frauengruppe. Sie war eine Zeit lang eine der Militantesten.»

«Sie hatte doch ein Kind», wandte ich ein.

«Gerade darum. Ich habe sie enorm bewundert.»

Ich konnte mir die beiden Freundinnen vorstellen. Ruth, die Unerschrockene, Sandra die Zögerliche, die ihre Freundin bewundert und sich von ihr mitreissen lässt, ihr treu ergeben ist und ihr den Rücken freihält. Die das Statement für die Presse schreibt, während die andere Parolen sprayt. Oder waren sie dafür zu jung? Irgendwann waren diese feministischen Parolen in der Stadt allgegenwärtig gewesen. *Frauen, bildet Banden.* Zu der Zeit eröffnete an der Engelstrasse im Kreis 4 einer der ersten Schwulenshops. Der Laden hiess Macho, was dazu führte, dass Feministinnen immer wieder die Scheiben einschlugen, bis sie merkten, dass diese Machos keine Frauen unterdrückten und sie den Laden einer Minderheit attackierten. Dumm gelaufen.

«Sie war radikal, hat viele Projekte angeschoben, bis sie eines schönen Tages alles aufgab.» Sandra lächelte. «So ist sie. Sie zieht etwas durch, oder sie lässt es. Sie hat Energie für drei, dafür wird ihr schnell langweilig.» Wollte sie mir damit sagen, dass Ruth meiner bald leid sein würde? Ich biss nicht an.

«Ich führe den Kampf weiter, setze mich für die Rechte der Frauen ein. Weniger laut, aber wirksamer.» Sie trank einen Schluck Wein.

«Du hast viel erreicht.» Greg legte ihr die Hand auf den Unterarm.

Sie legte ihre Hand in die seine.

«Danke, Schatz.»

Schatz. Für mich wäre das ein Scheidungsgrund. Nach dem Motto: Ich find dich super angenehm und leb gern mit dir zusammen, aber einen Kosenamen zu finden, der zu dir passt, das ist mir zu anstrengend, sorry. Ist auch praktisch, falls es nicht klappen sollte, den Nächsten nenne ich auch wieder Schatz, genau wie den vor dir.

Das ungefähr steckte dahinter, wenn man jemanden Schatz nannte. Greg, der das vermutlich ahnte, wurde wieder von dem Nashorn gepiesackt.

«Wie gut kennst du den Regierungsrat Stadler?»

Sandra richtete sich in ihrem Stuhl auf.

«Wir waren während seiner Zeit als Kantonsrat zusammen in verschiedenen Kommissionen. Da lernt man sich schon kennen, wir mussten geschickt taktieren.»

«Obwohl ihr nicht in derselben Partei seid?»

«Wir standen einer bürgerlichen Mehrheit gegenüber. Remo war damals sehr verlässlich.»

«Und heute?»

«Ist es schwieriger geworden. Er kocht sein eigenes Süppchen.»

«Ein Bundesratssüppchen», grinste Greg. Sandra atmete scharf ein. Über so etwas redete man wohl nicht mit Aussenstehenden. Obwohl es im Internet stand.

«Wenn ihm da bloss keiner reinspuckt», grinste ich.

«Wie meinst du das? Was verstehst du denn von Politik?», fragte Sandra.

«Wenig», gab ich zu. «Vielleicht ist alles ein Missverständnis.»

«Wovon sprichst du?»

«Wahrscheinlich ist es gar nichts, darum würde ich gerne mit ihm sprechen. Du hast bestimmt eine E-Mail-Adresse oder Handynummer?»

Greg schenkte Wein ein. «Köbi ist Detektiv, weisst du?», triezte er sie. Hatte ich ihm kürzlich erzählt.

«Ich denke, du warst im Gefängnis.»

«Das schliesst sich ja nicht aus.»

«Komm schon. Was für einer Geschichte bist du auf der Spur?», ermunterte mich Greg, der heute etwas mehr als seine tägliche Dosis intus zu haben schien.

«Es geht um eine Praktikantin. Sieht so aus, als hätte er sie bedrängt.»

«Bist du sicher? Mit solchen Vorwürfen ist heutzutage nicht zu spassen.» Sandra legte die Serviette auf den Tisch und faltete sie exakt zusammen. «Wenn du ihn kontaktieren willst, geh auf die Homepage der Sicherheitsdirektion.»

«Die dort aufgeführte Mail-Adresse bewirtschaftet er bestimmt nicht selbst. Er hätte sicher keine Freude, wenn ein anderer das Material sähe.»

«Was für Material?»

«Die Mails, die er mit dieser jungen Frau ausgetauscht hat, die umgebracht wurde. Sie wollte damit an die Öffentlichkeit.»

«Ich rede mit ihm und werde, sofern er das will, ein Treffen arrangieren. Unternimm bis dahin nichts.» Sandra stand auf und räumte das Geschirr in die Spülmaschine.

«Einverstanden.» Auf ein paar Tage kam es mir nicht an. Jan, der in seiner heissen Zelle sass, vielleicht schon.

«Gut, du hörst von mir. Ich geh nach oben, ich muss noch ein Dossier studieren.»

«Ich komme auch bald.» Greg drehte sich zu ihr, sie küssten sich steif. Ich fragte mich wirklich, was er an ihr fand.

«Glaubst du, dass Stadler etwas mit dem Tod der Frau zu tun hat?»

«Würdest du es ihm zutrauen?», fragte ich.

Greg überlegte. «Ehrlich gesagt, nein. Nicht einmal eine Affäre hätte ich ihm zugetraut.» Er spielte mit seinem Weinglas. «Allerdings, wenn es einen noch mal richtig erwischt, mit einer Frau, die schön und jung ist, das kann einen schon umhauen, da ist plötzlich alles möglich. Oder eben unmöglich.»

«Sprichst du jetzt von dir?»

Greg lachte nervös, und einen Augenblick sah es so aus, als wolle er sich mir anvertrauen. Der Moment verstrich.

«Läuft da was zwischen dir und Ruth?», fragte er stattdessen.

«So ein bisschen.»

«Sie ist schon eine verdammt heisse Nummer.»

«Eine was?»

Heisse Nummer nannten in den Filmen der Siebziger- und Achtzigerjahre die männlichen Überhelden die Objekte ihrer Begierde. Sexprotze wollten solche geschoben haben. Es klang gleichzeitig angestaubt und schmierig, passte so gar nicht zum beherrschten, asketischen Greg. Eigentlich sollte ich ihn zurechtweisen, mich distanzieren, nicht, weil ich politisch korrekt sein wollte, sondern weil es mir nicht passte, dass er so über Ruth sprach. Das aber hätte zu einer Konfrontation geführt, zum Bruch des impliziten Männerbundes.

«Nun, sie ist direkt, weiss genau, was sie will, und nimmt sich das, eine wilde Nummer halt», ruderte Greg zurück.

«Du hast heisse Nummer gesagt. Hattest du mal was mit ihr?»

Greg sah sich rasch um, als fürchte er, Sandra könne zuhören.

«Nein, wo denkst du hin», grinste er und schlug mir auf die Schulter. Greg, dachte ich, du bist ein verdammt schlechter Lügner. Weil es mich aber nichts anging und nicht einmal sonderlich interessierte, sagte ich nichts und stand auf.

«Ich muss auch früh raus, wir sehen uns morgen.»

«Das war ein schöner Abend, das sollten wir öfter machen.»

«Die Regierung stürzen?»
«Zusammen essen.»
«Würde mich freuen», sagte ich. Auch ich konnte lügen, besser hoffentlich.

YOU'RE NICKED
(Angelic Upstarts)

Am Freitagabend sass ich mit den Leuten vom Düsentrieb im Aufenthaltsraum.

«Was machst du eigentlich so?», fragte Iris. Sie sprach nicht von meiner Wochenendgestaltung, sondern von meinem Leben. Hier machten alle irgendetwas, niemand arbeitete einfach nur. Musik, Kunst, Kleider, alternative Heilpraktiken, Partys, politische Engagements, Reisen. Die Arbeit war nicht das Wichtigste im Leben, sie erlaubte den Leuten, das Leben zu führen, das sie wollten. Das gefiel mir, auch wenn ich selber nicht wusste, was für ein Leben ich führen wollte. Eins von Tag zu Tag.

«Ich bin Ermittler für hoffnungslose Fälle.»

Iris verzog das Gesicht. «Du meinst die Geschichte mit Jan?»

«Du kennst ihn?»

Dass sie von meiner Botentätigkeit gehört hatte, wunderte mich nicht. Auch hier wurde getratscht.

«Wir haben eine kurze Zeit zusammen in einem besetzten Haus gewohnt, da war er blutjung, ist mindestens acht Jahre her.» Sie zögerte, nippte an ihrem Craft Beer. War da mehr gewesen? Sah ich schon überall Affären? Unmöglich, dachte ich, er ist mehr als zehn Jahre jünger als sie.

«Was hältst du von der Geschichte? Traust du ihm die Tat zu?»

Sie sah sich um, als wäre ihr nicht ganz wohl dabei, vor den anderen darüber zu sprechen.

«Normalerweise versuche ich, nicht zu urteilen. In diesem Fall ist das schwierig», wand sie sich.

«Hast du Lust, noch irgendwo etwas trinken zu gehen?», fragte ich. Es interessierte mich, was sie wirklich dachte.

«Nein danke.» Iris schüttelte den Kopf. «Ich warte auf meinen Freund. Wir haben noch was vor.»

Von den Piranhas gab es einen Song *(No thanks, I'm waiting for me Boyfriend)*. Darin erzählt der Sänger, dass er dies zur Antwort bekam, als er eine Frau zum Tanzen aufforderte. Dass mir das tatsächlich passieren durfte. Die peinliche Stille wurde für mich noch peinlicher, als Kurt hereinkam und Iris auf den Mund küsste. Sie stand auf, die beiden verabschiedeten sich und verliessen Hand in Hand den Aufenthaltsraum. Seit knapp drei Monaten war ich im Betrieb, hatte aber nie etwas bemerkt. Vielleicht lag es daran, dass ich in den ersten Wochen am Feierabend immer zurück ins Gefängnis musste. Kurt war etwa gleich alt wie Jan. Von wegen unmöglich. Die Zeiten hatten sich geändert.

Ich machte einen raschen Abgang. Weil es ein schöner, warmer Abend war, ging ich ein Stück zu Fuss. Ich wollte mir am Albisriederplatz etwas zu essen kaufen und danach mit dem Dreier nach Hottingen fahren.

Der Spaziergang brachte nicht die Entspannung, die ich mir erhofft hatte. Dazu war es immer noch zu heiss. Es war der letzte Tag der Sommerferien. In diesem Jahr waren auch die Daheimgebliebenen nicht zu kurz gekommen. Ein schöner, heisser Sommer, der einfach nicht zu Ende gehen wollte. Dieses Anzeichen für die sich anbahnende Naturkatastrophe begeisterte Jung und Alt. Alt etwas weniger. Sehr alt gar nicht.

Gegenüber der Migros wurde ich beinahe von einem Velo umgefahren. Ein schnauzbärtiger Schnösel raste übers Trottoir. Er hatte keine Sekunde zu verlieren, musste wohl dringlich in die neuste Gelateria, um dort eine halbe Stunde für ein Chäsröschti-Balsamico-Eis anzustehen.

Wut überkam mich, ich wollte schon loswettern, liess es dann aber bleiben und blieb kurz stehen. Ich atmete tief ein und langsam aus. Meine Wut, die so schnell aufgeflammt war, legte sich, glomm aber still weiter.

Am Albisriederplatz stolperte mir ein junger Mann vor die Füsse. Ich wollte gerade den Leuten Platz machen, die aus dem Bus ausstiegen. Etwas an seinen Bewegungen stimmte nicht, sie waren unnatürlich, irritierten mich, fachten die Wut wieder an. Ich wollte ihm aus dem Weg gehen, als er mir in den Weg trat und mich fast zu Fall brachte. Ich dachte, es sei ein Trick, Taschendiebstahl oder so was, und stiess ihn weg. Er schrie auf, klammerte sich an mir fest und riss mich zu Boden. Ich krachte auf die linke Schulter. Ein greller Blitz durchzuckte mich, ein böser Schmerz. Der Typ war kräftig, drückte mich zu Boden und schrie dabei. Ich versuchte, mich loszureissen, vergeblich, und begriff endlich, dass er um Hilfe schrie. Der Bus war eben wieder abgefahren, die Passanten hielten Abstand. Niemand wollte sich den schönen Freitagabend versauen. Am Albisriederplatz hatte sich eine kleine Randständigenszene etabliert, es gab immer wieder Schlägereien. Die Leute konzentrierten sich auf ihre Handys, waren durch Kopfhörer abgeschirmt. Nur eine ältere Frau trat näher.

Reifen quietschten. Ich schaute, noch immer am Boden liegend, nach rechts und sah, dass ein Wagen angehalten hatte, auf dem Dach ein mittels Magnet befestigtes Blaulicht. Ein älterer Mann in Zivil stieg aus. «Polizei, was ist hier los?», rief er. Glück gehabt. Dachte ich.

Mein Angreifer sprang flink auf die Beine und zog den Polizisten am Arm. «Er hat mich angegriffen, einfach so, ich habe hier friedlich auf den Bus gewartet, als er mich gepackt und zu Boden gerissen hat. Ich habe gedacht, der bringt mich um.» Er wandte sich an die Umstehenden. «Ihr seid alle Zeugen, der Typ hat mich grundlos niedergeschlagen.»

Ich sortierte meine Knochen und stand vorsichtig auf. Bis auf die linke Schulter schien nichts kaputt zu sein.

«Hören Sie», wandte ich mich an den Polizisten. «Das ist absoluter Blödsinn. Er ist mir vor die Füsse gestolpert und hat mich ... AAAAAAAHHHH.»

Der Mann verdrehte meinen linken Arm. Polizeigriff, was sonst. Als ich wieder Luft holen konnte, waren meine Hände hinter dem Rücken mit einem Kabelbinder zusammengebunden. Bevor die Umstehenden Mitleid haben und sich mit mir solidarisieren konnten, war ich auch schon auf die Hinterbank des Autos verfrachtet worden, neben mir das vermeintliche Opfer, das bereits eingestiegen war. Der Bulle setzte sich auf den Fahrersitz und raste mit Blaulicht los.

«Was ist das für eine miese Nummer?», stöhnte ich. Der Typ neben mir hatte über der rechten Augenbraue ein Wort in Kursivschrift tätowiert, das ich als «Libertad» entzifferte. Er war Mitte zwanzig, muskulös und fit und hatte etwas Giftiges intus. Gestutzter schwarzer Bart, lange schwarze Haare, an den Seiten ausrasiert, hinten zu einem Pferdeschwanz zusammengebunden. Weite blaue Trainingshosen, ein weisses T-Shirt. Er war mir körperlich überlegen, wäre ohne Probleme mit mir fertiggeworden, wenn ich so blöd gewesen wäre, ihn anzugreifen. Eigentlich sah er aus wie jemand, der einen grossen Bogen um die Polizei machen sollte.

«Ruhe dahinten!», bellte der Bulle und schaltete das Blaulicht aus. Wir fuhren zum Kantonspolizei-Posten bei der Kaserne. Der Polizist zerrte mich aus dem Wagen und führte mich durch den Hintereingang in das Gebäude. Auf dem Gang nahm er mir Schlüssel, Portemonnaie und Handy ab. Meinen Protest quittierte er mit eisernem Schweigen. Meine Hände waren noch immer hinter dem Rücken gefesselt, er drückte mich nach unten, und ich ging sofort in die Knie, als er meine linke Schulter anfasste.

«Warten!», befahl er, als ich mit dem Rücken zur Wand am Boden sass, dann verschwand er.

Etwa eine Stunde später kam er zurück, zog mich auf die Füsse und brachte mich in den zweiten Stock. Hauptwachtmeister Martin Dettwyler, stand auf dem Schild an dem Büro, das wir betraten. Dettwyler, ein Mann von etwa sechzig Jahren, leicht übergewichtig, Halbglatze, Brille, schlechte Laune, setzte sich mir gegenüber an den Schreibtisch.

«Herr Robert, es sieht schlecht für Sie aus.»

«Und wie. Meine Schulter ist verletzt, ich brauche einen Arzt.»

«Ruhe!», brüllte Dettwyler. «Sie haben einen Randständigen brutal attackiert, ohne Grund!» Er schaute auf den Bildschirm und bewegte die Maus. «Scheint Ihr Modus Operandi zu sein», schüttelte er den Kopf, als täte ihm das leid, würde ihn aber gleichzeitig schrecklich ermüden.

«Das ist doch vollkommener Blödsinn. Bitte, nehmen Sie mir wenigstens diesen Kabelbinder ab.»

«Gut, ich bin ja kein Unmensch.» Dettwyler kam um den Tisch herum, zog ein Schweizer Messer aus dem Hosensack. Ich erhob mich, er packte meine Handgelenke, schnitt das Plastikband durch und schlug mir kräftig auf die linke Schulter. Fast wäre ich vom Stuhl gefallen.

Lächelnd kehrte er an seinen Platz zurück. «Sie gehen zurück in den Knast, Herr Robert. Sie werden Ihre Reststrafe abhocken, drei Jahre und vier Monate, plus das, was wegen dieser Sache dazukommt. Vielleicht bekommen Sie die kleine Verwahrung. So kurz nach der Entlassung schon wieder straffällig werden, das sieht das Gericht gar nicht gerne.»

«Warum sind wir bei der Kantonspolizei? Das ist, wennschon ein Fall für die Stadtpolizei.»

Dettwyler lächelte. «Ich war zuerst am Tatort. Die Kollegen haben mir den Fall überlassen. Sie haben genug zu tun.» Er schüttelte betrübt den Kopf.

Sandra hatte mit Stadler gesprochen, ihm meinen Namen genannt. Die Kapo war so etwas wie seine Kavallerie. Als Sicherheitsdirektor hatte Stadler Zugang zu meinen Akten und wusste, wo ich arbeitete. Dettwyler war mir vom Düsentrieb aus gefolgt, mit dem jungen Mann im Auto, und hat auf die richtige Gelegenheit gewartet, sein kleines Drama zu inszenieren. Einen besseren Ort als den Albisriederplatz hätte er sich gar nicht wünschen können.

Der Aufwand hatte sich gelohnt. Ich sass tief in der Scheisse. Verdammt tief. Wenn ich zurück in den Knast kam, war die Geschichte mit Tamara für Stadler vom Tisch. Bis ich nach vier, fünf Jahren wieder draussen wäre, würde sich niemand für Anschuldigungen über eine weit zurückliegende Affäre interessieren, die ein Gewohnheitsverbrecher gegen einen Regierungs- oder gar Bundesrat vorbrachte. Mich packte die Angst, ich wollte nicht zurück in den Knast. Noch einmal würde ich das nicht durchstehen, noch einmal könnte ich nicht von vorne anfangen. Mein Leben stand auf der Kippe und neigte sich gefährlich Richtung Abgrund.

«Die Aussage Ihres Opfers ist eindeutig.» Dettwyler las die Anzeige vor, die der junge Mann gemacht hatte. Kernaussage war, dass ich mich aus heiterem Himmel auf ihn gestürzt hatte.

«Am besten gehen wir die Anzeige durch, dann können Sie zu den einzelnen Punkten Stellung nehmen», sagte Dettwyler gelangweilt.

«Wie heisst der Mann, den ich angegriffen haben soll?»

«Vicente Emanuel Salcedo-Gomez.»

«Südamerikaner?»

Dettwyler schaute auf das Protokoll.

«Offiziell Schweizer, eigentlich Papierschweizer, aber das tut nichts zur Sache. Fangen wir mit der Einvernahme an.»

«Ich will meinen Rechtsvertreter beiziehen.» Dettwyler hätte mir sagen müssen, dass ich das Recht dazu hatte. Hatte er wohl vergessen und wurde nicht gerne daran erinnert, er blickte finster.

«Sie haben einen Anwalt?»

«Selbstverständlich.»

Widerwillig schob er mir den Schwenkarm, auf dem das Telefon stand, hinüber. «Zum Rauswählen erst die Taste neun drücken», brummte er.

«Hallo? Ich bin es, Köbi. Ich bin verhaftet worden, wegen einem Typ namens Vicente Emanuel Salcedo-Gomez, Tattoo über der rechten Augenbraue, Libertad oder so was. Er hat mich reingelegt.» Dettwyler spitzte die Ohren und sprang auf. «Vicente Emanuel Salcedo-Gomez, Tattoo im Gesicht, Pferdeschwanz, Bart, hat mit Drogen zu tun.» Ein Schlag von hinten erwischte mich, der Hörer flog mir aus der Hand und ich vom Stuhl. Natürlich auf die linke Schulter. Tapfer unterdrückte ich die Tränen, grinste gar. Es gab wieder Hoffnung.

«Wer war das?», brüllte Dettwyler, der über mir stand. Ich glaubte schon, er würde mich zusammentreten.

«Mein Rechtsvertreter.»

Fand er nicht lustig. «Pass auf, Bürschchen!» Er hatte noch zu Zeiten Dienst geleistet, wo allen Verhafteten, insbesondere, wenn es sich um Stammkundschaft, um Knastbrüder wie mich handelte, klar war, dass man sie auf dem Posten zusammenschlagen würde und keiner auf die Idee kam, sich darüber zu beschweren. Geringe Vergehen, ob unterstellt oder begangen, wurden mit Schlägen vergolten, ohne Anzeige und Gegenanzeige. Hatte auch Vorteile, ersparte der Polizei Arbeit, dem Staat Geld und den Ganoven Bussen oder Haftstrafen. Die Zeiten hatten sich geändert, und ich war verdammt noch mal kein Krimineller. Meine Wut glühte auf, ich atmete tief durch. Langsam beruhigte sich auch Dettwyler wieder und setzte sich auf seinen Platz, richtete die Computertastatur.

«Ich habe nicht vor, die ganze Nacht hier zu bleiben. Ihre Personalien haben wir festgestellt. Sie waren also heute um 18.43 Uhr am Albisriederplatz.»

«Sie können sich die Arbeit sparen, ich verweigere die Aussage.»

«Das bringt Ihnen überhaupt nichts, aber bitte, wenn Sie meinen.»

Er begann, die Anzeige vorzulesen. «Dazu will ich mich nicht äussern», lautete meine Antwort auf alle Fragen, die er stellte. Jan hatte es nichts genützt, trotzdem war Maul halten die beste Strategie. Nach zwanzig Minuten waren wir fertig, er druckte das Protokoll aus, ich unterschrieb.

Dettwyler führte mich in eine der Arrestzellen. «Du bleibst hier, bis wir dich zurück nach Regensdorf bringen. Es ist Freitagabend, du wirst mindestens bis Dienstag hierbleiben.» Weil ich keinen Rechtsvertreter mehr beiziehen konnte, musste ich meine massiven Zweifel, dass das, was er mit mir machte, irgendwie rechtmässig war, für mich behalten.

Mein Fall war Chefsache, administrative Hürden würde es keine geben, allfällige Unstimmigkeiten in den Akten gewiss sauber ausgebügelt. Stadler schickte mich per Express in die Versenkung. Ich war am Arsch. King Kobra, übernehmen Sie.

Die Zelle war karg, Tisch, Sitzgelegenheit und Pritsche aus Gussbeton, eine in der Wand verankerte WC-Lavabo-Kombination aus Chromstahl. An der Decke waren zwei Neonröhren angebracht, die ständig brannten. Ich war müde, ich verlor das Zeitgefühl, irgendwann wurde das Frühstück durch die Klappe in der Zellentür gereicht. Tee, eine Scheibe Brot, undefinierbare Konfitüre. Zum Mittagessen Polenta mit Poulet.

«Ich bin Vegetarier», sagte ich.

«Selber schuld», sagte die unsichtbare Person, die das Essen brachte.

Zum Abendessen gab es Spaghetti mit Öl und Knoblauch. Das Licht nervte, trotzdem stellte ich problemlos auf Knastalltag um. Ein Vorteil gegenüber Leuten, die zum ersten Mal eingesperrt sind. Ich kam gut ohne Bücher, Zeitungen, Radio oder Fernseher zurecht, das kannte ich vom scharfen Arrest. Mit Yoga-Übungen und Nachdenken über den Fall vertrieb ich mir die Zeit. Im Kopf schrieb ich Briefe. *I write myself a letter, I've got nothing else to do,* hiess es in einem Song von Slim Cessna's Auto Club. Diesen Grad an Langeweile musste man erst mal aushalten. Leute, die ständig auf ihr Handy schauten, würden spätestens nach vierundzwanzig Stunden ein Geständnis ablegen, zur Not auch ein falsches.

Weil die zuständigen Behörden übers Wochenende geschlossen waren, würde mein Fall frühestens am Montagmorgen bearbeitet werden, Chefsache hin oder her. Was für einen normalen Untersuchungsgefangenen ein Nachteil war, geriet mir zum Vorteil. Kobra hatte mehr Zeit, etwas zu unternehmen. Wenn er das überhaupt vorhatte. Er war mir nichts mehr schuldig, wahrscheinlich baten ihn täglich viele Menschen um Hilfe. Nach der Anzahl der Mahlzeiten war es Montagnachmittag, als die Zellentür aufging. Dettwyler kam herein.

«Wen hast du angerufen?» So wie er schnaubte, hätte er mir am liebsten jeden Zahn einzeln ausgeschlagen. «Wir haben die Nummer überprüft. Ein Prepaid, das auf einen Mann lautet, der seit zwei Jahren in Serbien lebt.»

Ich antwortete nicht, ich wollte Dettwyler nicht provozieren. Die Schulter schmerzte noch immer, die drei Nächte auf einer dünnen Schaumgummimatratze mit Betonunterlage hatten den Heilungsprozess nicht gerade befördert. Seine rechte Hand zitterte, es war wohl die Schlaghand.

«Du kannst gehen!», zischte er schliesslich. «Die Anzeige wurde zurückgezogen. Salcedo-Gomez ist am Sonntagabend auf den Posten gekommen und hat ausgesagt, dass er dich angegriffen hat.»

Ich musste lachen. Vor Erleichterung. «Das heisst, Sie haben den Auftrag versiebt. Der Chef wird keine Freude haben», rutschte es mir heraus.

Dettwyler kam ganz nah. «Wenn ich an deiner Stelle wäre, würde ich dem Herrgott auf den Knien danken, dass ich rauskomme. Still und leise würde ich gehen und den Vorfall für mich behalten. Haben wir uns verstanden?»

Ich nickte.

Dettwyler grunzte und warf mir den Plastikbeutel zu, in dem mein Handy, mein Portemonnaie und meine Schlüssel waren. Etwas zu weit links. Der Beutel krachte auf den Betonboden.

Das Display des iPhones zersplitterte. Ich bückte mich und steckte die Sachen ein. Dettwyler schob mich durch die Gänge bis zum Hintereingang. Er gab mir einen Stoss, fast wäre ich hingefallen, konnte mich aber noch fangen.

Ich rechnete damit, jeden Moment zurückgepfiffen zu werden. Erst als ich das Trottoir erreicht hatte, entspannte ich mich ein wenig. Ich stieg in den Dreier, nachdem ich mir in der Apotheke eine Packung Voltarenpflaster geholt hatte. Eins davon versuchte ich mir in meinem Zimmer selber an die Schulter zu kleben. Das Geschenk für Kobra war endlich gekommen. Ich bestellte ein Taxi.

EMBARRASEMENT
(Madness)

«Was ist in dem Paket?», fragte der Muskelmann, der mich wieder am Gartentor abholte und dabei musterte, als sähe er mich zum ersten Mal.

«Ein Geschenk für King Kobra.»

«Muss ich kontrollieren.»

«Ich übergebe es ihm persönlich.»

Sein Körper spannte sich, die Gesichtsmuskeln zuckten.

«Komm!», knurrte er und brachte mich zu Kobra. Der drückte mich kurz an sich.

«Du hast mir den Arsch gerettet», sagte ich.

«Es war nicht ganz leicht, den Kerl zu finden.»

«Das ist für dich.»

Er riss mir das Paket aus der Hand, wie ein Kind, das Geburtstag hat. «Das ist für mich? Was ist da drin?»

«Ein Geschenk, mach es auf.»

Es war eine schwarze Yogamatte, auf die ein weisser, rosenverzierter Totenkopf gedruckt war, aus dessen Auge eine Königskobra stieg.

«Mann, ist die geil. Mit so einer Matte muss man sich fast nicht mehr schämen, dass man Yoga macht.» Er blickte kurz zur Tür. «Aber nur fast.» Er drückte mich noch einmal und erwischte dabei die kaputte Schulter. Ich stöhnte auf.

«Du wirst heute alleine üben müssen, ich bin lädiert.»

«Wegen diesem Penner? Was war da überhaupt los?»

Es interessierte ihn also. Mein Leben retten war für ihn wie samstags den Rasen mähen. Mühsam, doch kaum erledigt, schon wieder vergessen.

Ich erzählte ihm die ganze Geschichte, auch die Verbindung zu Jan, und Stadler liess ich nicht aus.

«Politik ist gefährlich», schnaubte Kobra. «Typen wie ich sind kleine Fische, einfache Leute, die versuchen, am Reichtum der Gesellschaft teilzuhaben. Weil wir Ausländer sind und nicht studiert haben, müssen wir Umwege machen und Abkürzungen nehmen. Die echten Kriminellen sind die Politiker. Wenn du bei mir zu Hause mit dem Justizminister Ärger hast, lebst du nicht mehr lang. Dicker, warum tust du das alles für Jan, diesen kleinen Scheisser? Ist er mit dir verwandt? Bist du ihm etwas schuldig?»

«Nein. Zudem sind wir in der Schweiz. Bei uns funktionieren die Sachen anders.»

«Ich denke, dieser Politiker wollte Jan im Knast ausschalten und dich dorthin zurückbringen. Was funktioniert hier anders?»

«Das ist eine Ausnahme, und sein Plan ist nicht aufgegangen. Dank dir, du kleiner Fisch. Wer ist der Typ, der die Nummer abgezogen hat?»

«Eine Null aus Spreitenbach. War mal bei einer Gang, zeigte etwas Potenzial, stürzte aber ab und wurde rausgeschmissen. Ein Junkie, der Brüche und Überfälle macht und schnell gewalttätig wird. Keine Ahnung, warum der noch frei rumläuft. Wurde wohl gerade verhaftet, und der Bulle hat ihm einen Deal angeboten. Wenn er hilft, dich in den Knast zu bringen, bleibt er selber draussen. Es wird um ein paar Jahre gegangen sein bei dem Arsch.» Kobra stiess Luft durch die Nase aus. «Das war dumm, eine Ratte hat es auf der Strasse nicht leicht, und wenn er in den Knast kommt, wird er dort keine Freunde finden. Den Bullen hilft man nicht. Ende der Durchsage.»

«Ich weiss nicht, wie ich dir danken soll.»

«Die Matte ist ein guter Anfang. Ein Zeichen des Respekts. Die Sache mit Jan war ich dir schuldig, weil du meinen Rücken geheilt hast. Wer weiss, vielleicht brauche ich dich eines Tages. Ich hoffe, dass du dich dann an den Araber aus dem Knast erinnerst.»

Ich fragte mich, ob er das wirklich so meinte oder ob das aus dem Film *Der Pate* stammte. Die Gangster orientieren sich an Gangsterfilmen und benehmen sich so, wie sie sich nach Vorstellung der Regisseure benehmen müssen. Ein komplexes Spiegelkabinett. Im Knast hatten alle *Scarface*, *Good Fellas* oder *Once Upon a Time in America* gesehen und verinnerlicht. Egal, aus welchem Land sie kamen, ob sie grosse Fische waren oder kleine, auf diese Ikonen harter Männlichkeit konnten sich alle einigen, über Länder, Kontinente und Kulturen hinweg. Ich war aber nicht in einem Film, auch wenn ich mir so vorkam. Falls Kobra mich jemals um einen Gefallen bitten würde, könnte ich nicht Nein sagen. Seine Machtdemonstration war eindrücklich. Der Mann ohne Schulabschluss, ohne Berufsausbildung hatte den Sicherheitsdirektor des Kantons ausgestochen. Mit dem ich nun definitiv eine Rechnung offen hatte. Eine gröbere, eine sackgrobe sogar.

Wir absolvierten die Yogastunde, Kobra bewegte sich schon wieder flüssiger, sein Körper erinnerte sich an die Abläufe. Hin und wieder stöhnte er, der Rücken war noch gereizt, wir mussten sachte arbeiten.

Kaum dass ich sein Haus verlassen hatte, überkamen mich Erschöpfung und eine existenzielle Furcht vor der Zukunft. No Future, schön wär's. Die Verletzung, die Nächte in der Zelle, die Angst, wieder im Knast zu landen. Am Freitag, im Aufenthaltsraum, hatte ich noch geglaubt, dass mir nach der Geschichte mit Iris an diesem Wochenende nichts Schlimmeres mehr passieren könnte. Ich sehnte mich nach Wärme und rief Ruth an.
«Hast du eine Badewanne?»
«Ja, natürlich.»
«Darf ich sie benutzen?»
Es wäre mein erstes Bad seit sieben Jahren. Seit ich aus dem Knast gekommen war, hatte ich mich danach gesehnt. Früher, als ich noch eine Wohnung ohne Bad oder Dusche hatte, war ich zum Volkshaus gefahren. Dort hatte ich die öffentlichen Bäder benutzt. Die Bäder gab es aber nicht mehr, dafür ein Hammam & Spa. Brauchte ich beides nicht. Greg hatte mir nicht angeboten, seine Badewanne zu benutzen.
«Du willst bei mir ein Bad nehmen?», lachte Ruth.
«Ja, und dich sehen. Es ist etwas passiert.»
«Ich bin um sieben Uhr zu Hause, ich organisiere uns unterwegs etwas zu essen.» Sie klang nicht beunruhigt. Sie war krisensicher. Das gefiel mir. Besser, als mir lieb war. Ihre Bedingungen waren klar.

Nach einem Umweg über Hottingen fuhr ich mit dem Achter zu ihr. Die Leute waren aus den Ferien zurück, der Sommer ging weiter. Die Stadt platzte aus allen Nähten, genauer gesagt, sie platzte ausserhalb der Nähte. Dass sich so viele Leute im Freien aufhielten, war nicht vorgesehen. Wir mediterranisierten uns, ohne dass jemand freie Sicht aufs Mittelmeer forderte. Wir hatten den See und die Flüsse, deren Ufer belagert wurden. Wie die Trottoirs und die Plätze. Vor dreissig Jahren hatte es in Zürich ein einziges Strassencafé gegeben. Inzwischen standen überall Tische im Freien, die ganze Stadt war eine Gartenbeiz, und wenn die Gefahr drohte, dass sich an einem Ort Menschen ohne Konsumabsicht aufhalten könnten, wurde eine weitere eröffnet.

Wer nicht gesittet trinken konnte, musste weichen. Alkoholiker wurden nur an Bistrotischen geduldet. Ich fragte mich, wie viel in dieser Stadt täglich weggetrunken wurde von all den Bierjungs, Weisswein-Apérölern, Craft-Beer-Geniessern, Weinsnobs, Prosecco-Frauenrunden und Verkostern edler Brände. Ein paar Hektoliter gewiss, zusätzlich zu den täglich konsumierten 1,7 Kilo Kokain, den Fudern von Gras, die verkifft, den Bergen von Pillen, die geschluckt wurden. Drogen waren in Zürich de facto legal. Ich hatte nichts dagegen, auch wenn ich mir nicht vorstellen konnte, jemals wieder welche zu nehmen oder in einer Gartenbeiz zu sitzen und Apérol Spritz zu trinken. Höchstens eine Stange. Oder zwei.

Ruth sass im Wohnzimmer, als ich bei ihr ankam, trank ein Bier und rauchte einen Joint. Sie war phänomenal. Sie trank, rauchte, kiffte und hatte trotzdem dreimal mehr Energie und war selbst vernebelt noch gescheiter als ich. Sie war ein paar Jahre jünger, aber auch nicht mehr zwanzig. Oder vierzig. Sie liess mir das Badewasser ein. Ich legte mich in die Wanne und löste mich auf.

Irgendwann kam sie herein und setzte sich auf den Wannenrand.

«Soll ich dir den Rücken schrubben?»

Sie seifte mich ein, nahm eine Handbürste, es war wunderbar. Es war unglaublich. Sinnlich, zärtlich, intensiv. Die kaputte

Schulter umkreiste sie gekonnt. Verdammt, wie sollte ich mich nicht in sie verlieben? So richtig? Sie hatte es verboten.

Ruth holte mir ein Tuch, wickelte mich darin ein und trocknete mich ab. Ich zog die kurzen Trainingshosen und das T-Shirt an, das ich mitgebracht hatte. Eine Art Hausdress, obwohl ich nicht wusste, ob ich bleiben durfte. Wir fläzten uns auf das Sofa. Supersofa, das. Ich fragte mich, ob ich jemals wieder ein eigenes Sofa besitzen würde. Wenn es in der Zelle ein Sofa gegeben hätte, wäre es schon fast erträglich gewesen. Auf dem Sofa liegen ist tief befriedigend, ein archaisches Bedürfnis. Ich vermutete, dass das Ursofa noch vor dem Rad erfunden worden war. Konstruiert aus Zweigen und Blättern, sodass keine archäologisch verwertbaren Spuren zurückgeblieben waren. War das römische Weltreich nicht auf Sofas gebaut? Wie hatte Plastic Bertrand gesungen, in dessen Vorprogramm beim Konzert im Zürcher Volkshaus ein gewisser Dieter Meier auftrat? *You are the king of the divan! Qu'elle me dit en passant / I am the king of the divan / ça plane pour moi.* Sowieso. Dachte ich.

«Ich hatte gehofft, dich dieses Wochenende zu sehen.» Ruth lehnte sich an mich, ich legte ihr den heilen Arm um die Schulter. Es fühlte sich gut an. Ich merkte, dass ich diese Nähe, diese Wärme, diesen Körperkontakt mehr vermisst hatte als den Sex. Durch mein Gehirn schwurbelten allerlei Dopamine und Seratonine oder wie die Dinger hiessen.

Es klingelte an der Tür, Ruth hatte Essen bestellt, für mich gab's das rote Thai-Curry. Während des Essens erzählte ich, was geschehen war.

«Wie hiess der Polizist, der dich verhaftet hat?»

«Hauptwachtmeister Martin Dettwyler.»

«Der hat die Ermittlungen im Mordfall Tamara geleitet. Da war er noch Wachtmeister.»

«Er sitzt mit Stadler im selben Boot. Wenn rauskommt, dass er seinen Chef gedeckt und den falschen Mörder verhaftet hat, ist Essig mit der Pension.»

Ruth trank ihr zweites Bier.

«Was hast du jetzt vor?»

«Ich weiss es noch nicht. Stadler hochgehen lassen. Obwohl, die letzte Person, die das versucht hat, ist umgebracht worden.»

«Hast du Angst?»

«Ja», gab ich zu.

Sie legte mir die Hände an die Wangen.

«Verdräng sie nicht, Angst schärft die Sinne. Angst ist der Grundzustand des Menschen. Wenn wir keine Angst mehr haben, verlieren wir die Orientierung, fürchten uns vor Dingen, die uns bestenfalls Sorgen machen sollten. Deine Angst wird dir sagen, was du tun musst.» Ich schloss die Augen, spürte meiner Angst nach.

«Ich schicke das Material an die Presse. Mal sehen, wie Stadler darauf reagiert», sagte ich, als ich die Augen wieder öffnete.

«Ich helfe dir dabei.»

Ruth stellte die Adressen der verschiedenen Redaktionen zusammen, viele waren es nicht, die Medienbranche hatte sich konzentriert. Ich richtete ein Gmail-Konto ein, von dem aus ich die Kopien der E-Mails verschickte.

«Mal schauen, was das auslöst», sagte ich.

«Heute Abend gar nichts.»

«Du hast recht, ich will nicht mehr daran denken.» Sie half mir dabei. Meine Schulter tat noch immer weh, ich bekam ein neues Pflaster aufgeklebt, das die Schmerzen linderte. Wir schliefen in ihrem Bett.

Am Morgen standen wir früh auf, wir mussten beide zur Arbeit. Weil ich am Montag ohnehin freihatte, hatte die Haft meinen Job nicht tangiert. Zum Glück.

Ruth checkte ihr iPad. Die Bombe war eingeschlagen. *Hat die Zürcher Politik einen #MeToo-Fall?; Wem stellte Strahlemann Stadler nach?; Schwere Anschuldigungen gegen Regierungsrat Stadler!* So lauteten die Schlagzeilen. Noch hatte niemand die Verbindung zu der vor zwei Jahren ermordeten Tamara W. hergestellt. Sie würden schon draufkommen, sonst würde ich nachhelfen. Stadler war abgetaucht. Für den frühen Abend war eine Pressekonferenz angekündigt.

Y'A DES FOIS
(Massilia Sound System)

Die Schulter tat fies weh, ich konnte die Kisten nur mit der linken Hand tragen, kam in Verzug und musste die Mittagspause durcharbeiten. Iris, die im Büro sass, liess sich nichts anmerken, als ich am Feierabend meine Lieferscheine abgab. Kurt hatte mich im Vorbeigehen unfreundlich angeschaut.

Die Pressekonferenz wurde im Lokalfernsehen übertragen. Ich setzte mich in den Aufenthaltsraum und verfolgte sie auf dem Handy. Stadler schwieg. Es sprach der Kommandant der Kantonspolizei, neben ihm sassen uniformierte Polizeibeamte, unter ihnen Dettwyler. Ihre Aufgabe war es, ernst dreinzuschauen.

«Wir möchten klarstellen, dass der Herr Regierungsrat niemanden sexuell belästigt hat. Bei diesen Dokumenten handelt es sich um Fälschungen, die vom linksextremen Lager hergestellt und verbreitet wurden, um Herrn Stadler zu diskreditieren. Diese Kreise torpedieren ihn schon seit Langem. Ein derart massiver Angriff auf seine Privatsphäre stellt allerdings eine neue Dimension dar, es ist ein Anschlag auf einen gewählten Volksvertreter. Dem gilt es mit aller Entschlossenheit entgegenzutreten. Wir sind den Tätern auf der Spur, in den letzten Stunden haben Razzien bei verschiedenen linksextremistischen Einrichtungen stattgefunden. Mehrere Personen wurden verhaftet und umfangreiches Beweismaterial sichergestellt. Wir werden Sie so schnell wie möglich über die Entwicklung in diesem Fall informieren und sind zuversichtlich, dass wir Ihnen die Urheber schon in wenigen Tagen präsentieren können. Mehr können wir zurzeit aus ermittlungstechnischen Gründen nicht sagen, das werden Sie gewiss verstehen. Meine Damen und Herren, ich danke Ihnen auch im Namen der gesamten Zürcher Kantonsregierung, die geschlossen hinter Herrn Stadler steht.» Die Herren standen auf und verliessen in Einerkolonne den Raum, ohne auf die Fragen zu reagieren, die ihnen zugerufen wurden.

Verdammt, ich hatte Stadler unterschätzt, er liess sich nicht in die Ecke drängen. Ich rief Rafi an und war froh, als er abnahm.

«Was ist los bei euch?»

«Mehrere WGs und die Büros von Michis Provider wurden durchsucht, Computer beschlagnahmt, Leute verhaftet, das ganze Programm.»

«Es tut mir leid, ich wollte euch keinen Ärger machen.»

«Die Mails sind ein willkommener Vorwand, unsere Strukturen zu zerschlagen. Es hat uns nicht aus heiterem Himmel getroffen. Ich glaube nicht, dass etwas hängen bleibt. Die Frage ist nur, ob das Koch-Areal durchsucht wird, das ist bisher nicht geschehen. Ich nehme an, die Stadt stellt sich quer.»

«Was ist mit Michi?»

«Der sitzt.»

«Verdammt. Ich bieg das gerade.»

«Wenn Stadler fällt, hat sich die Sache gelohnt.» Rafi seufzte. «Allerdings wankt er noch nicht mal.»

«Er wird fallen, wenn herauskommt, wen er bedrängt hat. Das macht ihn zum Hauptverdächtigen in einem Mordfall.»

«Nicht, wenn er glaubhaft machen kann, dass die Mails gefälscht sind. Zu beweisen, dass sie echt sind, ist fast unmöglich. Ausser Google rückt die Daten seines Gmail-Kontos raus. Bringt man ihn mit dem Mord an Tamara in Verbindung, bestätigt das bloss seine Theorie. Die bösen Besetzer wollen einen der Ihren rehabilitieren.»

«Die Szene hat sich öffentlich von Jan distanziert.»

«Das hat schon damals niemanden interessiert.»

Der Kampf mit einem Gegner, der sich entzog, der weit entfernt war, abgeschirmt von seiner Schaltzentrale aus operierte, mir immer wieder entwischte, machte mich rasend. Wie viel einfacher war es, wenn sich die Sache mit einem Kinnhaken lösen liess. Selbst in den überproduzierten Superheldenfilmen wurde der entscheidende Kampf, egal wie mächtig die Kontrahenten waren, welche übermenschlichen Kräfte und hoch raffinierten Waffen sie besassen, immer mit den Fäusten ausgetragen. So musste das sein, alles andere wäre Betrug. Ich war aber kein Superheld und das Leben kein Comic.

«Es gibt etwas, das weiterhelfen könnte. Wir treffen uns in einer Stunde im Kebab.»

Ich war als Erster da und trank ein Mineralwasser. Rafi holte sich eine Fanta. Er setzte sich zu mir, griff in seine Lederjacke und zog einen Brief hervor. Ein schönes Kuvert aus dickem Büttenpapier, von Hand mit Tinte geschrieben und adressiert an Tamara Weber, mit der Anschrift vom Haus uns gegenüber.

Ich öffnete das Kuvert. Drei Bögen desselben edlen Papiers, beschrieben in einer gleichmässigen, schwungvollen Handschrift.

«Meine liebe Tamara», begann der Brief.

Stadler entschuldigte sich für sein Verhalten im Landesmuseum, gefolgt von der Begründung, warum er sich nicht hatte beherrschen können.

«Ich liebe Dich, wie ich noch nie jemanden geliebt habe. Vom ersten Moment an war ich verzaubert von Dir. Jeder Tag, den ich in Deiner Nähe verbringen durfte, hat meine Gefühle für Dich stärker werden lassen. Ich kann nicht mehr schlafen, ich vermisse Dich in jeder Stunde, in der ich Dich nicht sehe. Du hast meinen Idealismus neu geweckt. Dank Dir weiss ich wieder, warum ich in die Politik gegangen bin. Du hast mir gezeigt, dass ich auf dem falschen Weg bin. Lass uns zusammen neu beginnen. Teile Deine Träume, Deine Pläne, Deine Ziele mit mir. Wir können etwas aufziehen, eine Stiftung, Direkthilfe, was immer Du Dir wünschst. Ich unterstütze Dich dabei, ich engagiere mich hundertprozentig, mit meinen Beziehungen werden wir etwas verändern können.» Es folgten blumige Zukunftsaussichten, eine Art sozialökologische Bonnie-and-Clyde-Fantasie.

«Ich lasse mich scheiden. Die Ehe mit Viktoria ist der grösste Fehler meines Lebens. Ich liebe sie nicht, sie hat mich nie geliebt, hat mich benutzt. Sie teilt meine Ansichten nicht, sie liebt Luxus, fliegt drei Mal im Jahr nach Hause, zwischendurch in den Urlaub. Sie fährt einen Offroader, während ich mit dem Velo oder der S-Bahn zur Arbeit fahre. Weisst Du, ich hatte vor ihr nicht viel Erfahrung mit Frauen, ich gehörte immer zu den Strebern. Arbeit und Sport, mehr gab es für mich nicht. Dass sich so eine Frau für mich interessiert hat, das war überwältigend. Sie hat mir den Kopf verdreht.»

Es war wohl nicht der Kopf, an dem sie herumgeschraubt hat, dachte ich.

«Niemals habe ich das, was ich für Dich empfinde, auch nur annähernd für sie oder irgendeine andere empfunden. Du bist die Frau meines Lebens. Ich kann ohne Dich nicht sein, ich will mit Dir eine Familie gründen, Kinder haben. Bitte, meine geliebte Tamara, gib mir eine Chance. Ich möchte, dass Du mich so kennenlernst, wie ich wirklich bin. Wir haben so viel gemeinsam, wir werden zusammen die Welt verändern, ach was, verändern, verbessern, retten. Sei gewiss, niemand wird Dich je so lieben, wie ich Dich liebe. Alles werde ich für Dich tun, Dir alles geben, Dich in allem, was du tust, unterstützen, wenn Du mich nur an Deiner Seite sein lässt. Das ist es, was ich mir im Leben wünsche, mehr, als Bundesrat zu werden. Wenn Du es willst, ziehe ich mich aus der Politik zurück. Bitte, verzeih mein Verhalten, es ging mir nie um ein schnelles Abenteuer. Die Sehnsucht nach Dir, sie verzehrt mich. In Liebe, Dein Remo Stadler». Die volle Unterschrift.

«Wo hast du den her?»

«Von Tamara. Sie hat ihn mir zur Aufbewahrung gegeben.»

«Warum gerade dir?»

«Weil sie Angst hatte, dass Jan durchdreht, wenn er ihn findet.»

«Hat er ihn gefunden?»

«Ich weiss es nicht. Als Tamara umgebracht wurde, war ich ja gerade mit dem Snowboard unterwegs, den Brief hatte ich mitgenommen. Es kann schon sein, dass Jan seinen Inhalt kannte und nach ihm gesucht hat. Während meiner Abwesenheit ist mein Zimmer durchwühlt worden. Ich nehme an, dass es Jan war, der ihn ihr unter die Nase halten wollte.»

«Nur dein Zimmer wurde durchsucht?»

«Schwer zu sagen. Als Jan noch dort wohnte, herrschte in der Wohnung ein ziemliches Chaos.»

«Stadler musste den Brief wiederhaben. Er gibt darin den Übergriff auf Tamara zu. Damit ist er geliefert.»

Ich steckte den Brief zurück in das Kuvert und reichte ihn Rafi.

Der schüttelte den Kopf. «Behalte ihn.»
«Was soll ich damit?»
«Das musst du selber entscheiden. Du hast die ganze Scheisse aufgekocht, nun musst du es zu Ende bringen.» Er trank seine Fanta aus, stand auf und ging. Ich steckte den Brief ein und verliess ohne Mitleidskebab das Lokal. Mit dem Dreier fuhr ich nach Hottingen.

Aus der Küche hörte ich Stimmen. Greg und Sandra kochten ihr Abendessen.
«Wo warst du denn die ganze Zeit?» Greg sprang auf, als ich hereinkam. «Warum hast du dich nicht gemeldet? Ich habe mir Sorgen gemacht!»
«Ich hatte zu tun», sagte ich und zuckte mit der rechten Schulter.
«Die Sache mit Stadler? Bist du in diese Kampagne involviert, die gegen ihn läuft?»
«Das wäre ja noch schöner», schnaubte Sandra. Sie hatte mich nicht vermisst. «Das ist eine ganz miese Geschichte. Ich habe versucht, ihn zu erreichen. Er geht nicht einmal auf seinem Privathandy ran.»
«Mies? Das kann man wohl sagen. Stadler hat mich zusammenschlagen und verhaften lassen. Er wollte mich zurück ins Gefängnis bringen. Meine Schulter ist kaputt, ich riskiere meinen Job. Er zerstört mein Leben, so wie er das von Jan zerstört hat. Er hat Tamara umgebracht und muss gestoppt werden. Genau das werde ich tun.»
Sandra klappte den Mund auf und wieder zu. Greg wollte mir ein Glas Wein in die Hand drücken. «Erzähl erst mal, was passiert ist.»
Das tat ich.

«Das klingt dermassen abenteuerlich», Sandra schüttelte den Kopf. «Ich kann einfach nicht glauben, dass Remo so etwas tun würde. Das ist doch absurd.»

«Du bist schnurstracks zu ihm gerannt und hast ihm von mir erzählt, von den Mails, die ich habe, von den Ermittlungen, die ich führe. Du steckst genauso tief im Dreck wie er!»

Sandra wich erschrocken zurück.

«Köbi, so kannst du nicht mit Sandra reden!»

Sie fasste sich und stützte die Hände in die Hüfte. «Sorry, das ist lächerlich. Es tut mir wirklich leid, was dir passiert ist. Kannst du beweisen, dass Stadler dahintersteckt? Bist du nicht einfach paranoid? Vielleicht war dieser Junkie ein Freund von dem Mann, den du umgebracht hast.»

Greg hatte ihr alles über mich erzählt, sehr nett.

«Klar, alle Drogenkonsumenten kennen und mögen sich, dieser kleine Scheisser hat den Prozess mitverfolgt, sich mein Gesicht gemerkt, es nach sieben Jahren wiedererkannt und mich angegriffen. Dumm nur, dass der Typ vor sieben Jahren sechzehn Jahre alt und noch nicht drogensüchtig war!» Mein Herz raste, die Kiefer verkrampften sich.

«Ich kenne Remo seit zwanzig Jahren. Du bist auf der falschen Spur, so etwas kommt bei ‹Narcos› vor, aber nicht bei uns.» Das waren also die Serien, die sie schauten.

«Stadler hat sie umgebracht. Ich lass ihn hochgehen!»

Sandra schaute Greg an, der etwas sagen wollte, es aber sein liess.

«Siehst du nicht, was für einen immensen Schaden du anrichtest? Bist du sicher, dass es keine Falschmeldungen sind, die du verbreitest? Remo ist wegen dieser Machenschaften bereits angezählt.» Sie atmete tief durch. «Ich bin auch nicht mit allem einverstanden, was er tut, aber wenn du unseren erfolgreichsten und beliebtesten Vertreter als Mann darstellst, der Frauen bedrängt und umbringt, schadest du nicht nur ihm, sondern unserer Sache.»

«Eurer Sache?» Ich wurde laut. Wer laut wird, hat verloren.

«Ja, unsere Sache. Deine Sache. Die gerechte Sache, der Kampf für eine bessere Welt. Meinst du, für die Armen und Schwachen, die Asylbewerber, wird es besser, wenn die Regierung wieder nach rechts rückt?»

«Es geht mir nicht um deine verdammte Scheisspolitik.»

Meine Wut steckte Sandra an.

«Sei still!», schrie sie. «Ich kenne diese beschissene, radikale Haltung. Immer die angreifen, die etwas machen, die sich hinstellen, die politische Arbeit leisten, die dafür sorgen, dass sich etwas verändert. Ihr Schlaumeier habt doch immer erzählt, es käme nicht drauf an, wer gewählt wird. ‹Nur die allerdümmsten Kälber wählen ihre Schlächter selber› und der ganze Mist. Frag mal die Amerikaner. Es kommt sehr wohl drauf an, wer gewählt wird. Jaja, alle Politiker sind schlecht und korrupt, ich kann es nicht mehr hören, genau das brüllen auch die Rechtsextremen. Stellt euch doch selber hin, versucht doch selber mal, euch den mächtigen Wirtschaftsinteressen entgegenzusetzen, ihren Vertretern Zugeständnisse abzuringen, die für ganz viel Leute das Leben ein bisschen leichter machen. Das ist Knochenarbeit, hörst du? Es ist so leicht, Maximalforderungen zu stellen. Alle ins Land lassen, da fühlt man sich gut, was? Wahnsinnig human. Das Einzige, was solche Forderungen bewirken, ist, dass das Volk glaubt, dass die Linken das Land mit Flüchtlingen überschwemmen wollen, und weiter nach rechts rückt. So haben wir ganz schnell eine SVP-Mehrheit, und dann gnade all denen, für die ihr zu kämpfen behauptet. Sie sind die Ersten, die interniert oder ausgeschafft werden, in Länder, in denen ihr Leben in Gefahr ist. So sieht es aus in der realen Welt draussen. Tut mir leid, wenn das mit deinem Besetzerutopistenschlaraffenland kollidiert.

Stadler ist nicht der Feind, er hat getan, was er konnte.» Sie schmiss ihren Stuhl um und drehte mir den Rücken zu.

Die Rede hatte sie wohl schon lange mal jemandem halten wollen. Allerdings war ich der falsche Adressat, weil ich keine dieser Thesen je verbreitet hatte. Ich zählte mich nicht zum radikalen Spektrum oder zu den Besetzern, ich war ein alter, angepasster Knastbruder, der nur noch seine Ruhe wollte. Ich gehörte zur schweigenden Mehrheit, die langsam zur Minderheit wurde, während eine schreiende Mehrheit entstand, die nicht nur zu allem eine Meinung hatte, sondern diese auch lautstark kundtat.

Trotzdem musste ich kontern.

«Stadler hat Teenager in ihre Heimatländer zurückschaffen lassen, obwohl sie bestens integriert waren, an ihrem Wohnort hat sich sogar der SVP-Gemeindepräsident für sie eingesetzt. Es geht nicht um seine Politik, es geht darum, dass er zu seinen Taten steht und die Konsequenzen trägt. Er hat eine junge Frau bedrängt, seine Macht missbraucht, und als sie drohte, damit an die Öffentlichkeit zu gehen, hat er sie umgebracht, Sandra. Kannst du das wirklich rechtfertigen? Willst du Tamara als Kollateralschaden abtun? Willst du ihr die Schuld daran geben, dass er zudringlich wurde? Hätte sie für die gute Sache schweigen sollen? Du behauptest doch, dass du für die Rechte der Frauen kämpfst, aber sie ist dir scheissegal.»

Sandra fuhr herum, Tränen in den Augen. Tränen der Wut. Wir befeuerten uns gegenseitig. Es konnte nicht gut enden.

«Du hast keinen Beweis, dass er etwas mit ihrem Tod zu tun hat. Sie wurde von ihrem eifersüchtigen Freund umgebracht, einem Linksextremen, der ein besitzergreifender Macker war, nur passt das nicht in dein Weltbild. Du bist derjenige, der den Tod der jungen Frau instrumentalisiert.»

Ich zog den Brief aus meiner Jacke und knallte ihn auf den

Tisch. Bevor sie ihn an sich nehmen konnte, zog ich ihn weg und fing an zu lesen. Sandra schüttelte immer wieder den Kopf.

«Na und? Er hat sich in eine Studentin verliebt und sie angeschmachtet, versucht, sie zu küssen, mein Gott, darum ist er noch lange kein Mörder.» Sie zeigte auf Greg. «Frag doch den da, wie schnell so was passiert.»

«Was habe ich damit zu tun?» Greg wurde bleich.

Sandra warf ihm einen bösen Blick zu, der tief aus ihrem Inneren kam.

«Du? Du hast zwei Jahre lang ein Verhältnis mit dieser Tussi aus deinem Büro gehabt, dieser einunddreissigjährigen Kroatin. Ihr habt gemeinsame Wochenenden in Paris, Mailand und London verbracht. Mit dem Flugzeug seid ihr hin, habt in Luxushotels übernachtet, du hast sie mit teuren Geschenken überschüttet. Natürlich weiss ich das, meinst du eigentlich, ich sei blöd oder was?»

«Das ist doch ...»

Sah schlecht aus für Greg.

«Hör auf, ich weiss Bescheid. Und du?» Sie fuhr herum und stiess mir den Zeigefinger gegen die Brust. «Weisst du, warum er dich aufgenommen hat? Nicht, weil er dein Freund ist, sondern weil seine Kinder ihm Vorwürfe gemacht haben, ihn einen Heuchler nannten, weil er allein in so einem grossen Haus wohnt. Da kamst du als Strafgefangener auf Bewährung gerade recht. Sie haben ihn gedrängt, Asylbewerber aufzunehmen, davor hast du ihn bewahrt. Das ist der einzige Grund, warum du hier bist.»

Greg wollte etwas sagen, sie schubste ihn weg und stampfte aus der Küche. Kurz darauf knallte die Haustür. Aus der Pfanne, die auf dem Herd stand, stieg Rauch auf. Ich drehte die Gasflamme ab.

«Verdammt. Was ist denn jetzt los?» Greg schaute drein wie ein Schwan, der in einen Wäschetrockner geraten war.

«Die Sosse ist angebrannt.»

«Ach, du findest das lustig?», brüllte Greg. Die Wut, die im Raum hing, hatte ihn erfasst. «Ich lass dich bei mir wohnen, und du weisst nichts Besseres, als einen Privatkrieg gegen einen meiner Freunde zu führen? Was ist das für eine kranke Nummer? Willst du damit geradebiegen, was in deinem Leben schiefgelaufen ist, du Loser?»

«In meinem Leben ist einiges schiefgelaufen, da hast du recht. Es hat aber einen gewaltigen Vorteil: Ich habe nichts zu verlieren.» Mir fiel die berühmte Zeile von Janis Joplin ein: *«Freedom is just another word for nothing left to lose»*. Klang gut, stimmte natürlich nicht. Wenn man nichts hat, ist man erst recht unfrei. Trotzdem mochte ich den Song. Nicht zuletzt, weil er von Kris Kristofferson stammte, einem Countrysänger, was vielen Janis-Joplin-Fans, die Countrymusik für den letzten, reaktionären Dreck hielten, nicht bewusst war. Sie krochen denselben einfachen Lebensweisheiten auf den Leim wie die verachteten Hillbillys und Rednecks.

Ich wurde zum Cowboy: «Ich bin alt, arm und allein. Ich will nicht mehr ins Gefängnis, aber wenn ich weiss, wofür, dann tu ich es. Lieber das, als frei sein und wissen, dass ich ein Feigling bin. Ich ziehe das durch, mit dir hat das überhaupt nichts zu tun.»

Greg zitterte, einen Moment fürchtete ich, er würde mich angreifen. Mit meiner lädierten Schulter hätte ich mich kaum wehren können.

«Verschwinde. Aus meiner Küche, aus meinem Haus. Morgen früh bist du weg», presste er hervor.

«Schade.» Ich versuchte ein Grinsen. «Wir haben noch gar nicht darüber geredet, was in deinem Leben schiefgelaufen ist.»

NOBODY'S HERO
(Stiff Little Fingers)

Ich packte meine Siebensachen in die zwei Ikea-Taschen, die ich im Düsentrieb ausgeliehen und nicht zurückgegeben hatte. Greg hatte das Haus verlassen, ohne bei mir vorbeizuschauen. Ich warf die Schlüssel in den Briefkasten und ging zur Tramstation. Dass ich mit den öffentlichen Verkehrsmitteln zügeln konnte, war eigentlich etwas Gutes, maximale Reduktion, voll im Trend.

«Was schleppst du da an?», fragte Peter, als ich versuchte, die Taschen im Aufenthaltsraum so zu verstauen, dass niemand über sie stolperte.

«Ich bin obdachlos geworden.»

«Harhar», machte Peter.

Das fand ich bedingt lustig und schob die Taschen hinter das Sofa. Ich stöhnte auf.

«Was ist los mit dir?», fragte Peter.

«Ich habe mich an der Schulter verletzt.»

«Abgefahren. Du solltest zum Arzt.»

«Ich habe keinen Arzt.»

«Im Hauptbahnhof gibt es die Permanence.»

«Zuerst muss ich eine Unterkunft finden.»
«Du kannst eine Weile bei mir wohnen.»
«Das geht nicht, du bist mein Chef.»
«Hast du eine bessere Idee?»
«Nein», gestand ich. «Wo wohnst du denn?»
«Hier im Haus, ganz zuoberst.»
Er wandte sich an die Leute, die im Büro sassen.

«Hört mal kurz her. Köbi hatte einen Unfall, er fällt die nächsten Tage aus.»

«Nein, es geht schon», protestierte ich. «Bei diesem Wetter haben wir doch ohnehin mehr als genug zu tun.»

«Jetz fahr aber ab. Heisst du Stachanow, Alter? Hier gibt es keine Medaillen für Helden der Arbeit. Du gehst zum Arzt!»
Nun gut, er war der Chef. «Erst bringen wir deine Sachen hoch, und ich zeige dir, wo du pennen kannst.»

Ein alter Aufzug brachte uns in den obersten Stock hinauf. Peter zeigte auf das Herstellerschildchen.

«Schindlers Lift», sagte er.

«Harhar», machte ich.

Er schloss eine graue Tür auf, und wir betraten eine grosse Vierzimmerwohnung mit Balkon. «Sorry, ich hatte schon lange keine Gäste mehr, es ist zur Rumpelkammer verkommen», warnte er, ehe er das Zimmer öffnete, in dem ein schmales Bett, Tisch, Stuhl, Schrank standen. Die klassische Zelleneinrichtung. Nur dass die Möbel mit Büchern, Zeitschriften, Katalogen und ungeöffneten Schachteln von Modellflugzeugen aus Plastik übersät waren. Peter räumte ungeschickt ein paar Sachen weg, sodass die Stapel ins Rutschen kamen.

«Lass nur, ich brauch nicht viel Platz.»

«Wäsche hat es da vorne.» Im grossen breiten Gang stand zuhinterst eine Waschmaschine, daneben ein Schrank. Lange, das war mir klar, würde ich hier nicht bleiben können. Ich hatte ein grosses Talent, Krach zu bekommen. Wenn ich mit Peter Krach bekam, wäre ich Unterkunft und Job los. Über meine Chancen auf dem Jobmarkt machte ich mir keine Illusionen. Ich war Ausschuss, der nirgendwo anders genommen würde. Er half mir, das Bett zu beziehen, und räumte die Modellflugzeugschachteln weg.

«Das ist mein Hobby, sehr beruhigend. Lemmy von Motörhead machte das auch.»

«Ich werde mich erst mal hinlegen.»

«Du gehst jetzt zum Arzt. Ohne Attest lass ich dich nicht mehr herein. Vergiss nicht, dass ich dein Chef bin.»

«Also gut, im Hauptbahnhof, sagst du?»

Ein Stück des Weges legte ich zu Fuss zurück und stieg dann in den Zweier. Am Stauffacher stieg ich in den Vierzehner um und fuhr zum Hauptbahnhof. Auf der gegenüberliegenden Seite der Limmat befand sich die kantonale Verwaltung, dazu gehörten die Sicherheitsdirektion und Remo Stadlers Büro. Ich tauchte in den Untergrund ab, ins Shop-Ville, wo sich einer der letzten Kopierläden der Stadt befand.

«Mein Name ist Jakob Robert», meldete ich mich am Empfang des Verwaltungsgebäudes. «Ich möchte zu Regierungsrat Stadler.»

Nicht einmal in der Schweiz kann man einfach ins Büro des Sicherheitsdirektors marschieren.

«Erwartet er Sie?»

«Bis jetzt nicht.»

Die Frau, die am Schalter sass, schaute mich misstrauisch an. Zögerlich nahm sie den Hörer ab. «Susann? Hier ist ein Herr Robert ... Nein ... Sag ich ihm ...»

«Sagen Sie dem Herrn Regierungsrat, dass es um die grüne Fee geht. Wenn er mich dann nicht sehen will, verschwinde ich wieder.»

«Du sollst ihm sagen, es ginge um die grüne Fee», seufzte sie.

«Ja, ich weiss. Vielleicht ist es besser, du weisst ja, mit all diesen Geschichten. Danke. Ich warte.» Sie schaute mich an. «Wenn Sie nichts Gescheiteres zu tun haben, als hier einen Zirkus zu veranstalten und Leute, die Wichtigeres zu tun haben, von der Arbeit abzuhalten, nun gut. Dafür sind wir da, das ist Demokratie, das ist es, was unser Land ausmacht. Woanders würde man einen wie Sie im Fluss ertränken. Wir wissen beide, dass Sie nicht zum Regierungsrat vorgelassen werden», sagte ihr Blick, ehe sie ihn abwandte.

«Was, aha, nun gut.» Sie legte den Hörer auf. «Sie werden abgeholt.»

Ich musste zehn Minuten warten. Dann wurde ich von einem uniformierten Kantonspolizisten abgeholt. Ob das so üblich war, wusste ich nicht, ich war das erste Mal hier.

Der Uniformierte führte mich zum Lift, wir fuhren hinauf zur Sicherheitsdirektion, gingen den Gang entlang zu Stadlers Büro. Er klopfte an. Stadler selbst öffnete die Tür. «Ist gut, Dani, danke.» Seine Stimme war freundlich, verriet keinerlei Nervosität oder Unbehagen. Stadler trug einen Anzug und ein weisses Hemd, die Krawatte sass perfekt. Das dunkelblonde Haar war zentimeterkurz geschnitten, er ging wohl jede Woche zum Coiffeur. Am Handgelenk trug er eine grosse Sportuhr an einem Plastikarmband. Er strahlte die Zuversicht eines Menschen aus, der wusste, dass er seinen Körper, an dem kein Gramm Fett war, stundenlang bewegen konnte, ohne zu ermüden. Ein Ausdauersportler, ein Einzelkämpfer.

Mit der linken Hand schob er mich in sein Büro. Es war karg

und funktional eingerichtet mit einem dieser Schreibtische, an denen stehend gearbeitet werden konnte. Für Menschen, denen Arbeit allein noch nicht anstrengend genug war. Mit einem Handgriff senkte er ihn und bat mich, Platz zu nehmen.

«Köbi, stimmt's? Wir haben uns bei Gregor kennengelernt, du bist der ehemalige Häftling.» Er schob die Maus weg, drehte den Bildschirm von mir weg und setzte sich auf den einbeinigen, ergonomischen Hocker, der ihm als Bürostuhl diente, wenn Stehen unangebracht war. «Was kann ich für dich tun?»

Ich zog die Kopie des Briefes hervor und legte sie vor ihn. Er blinzelte und fuhr sich mit der rechten Hand durchs Haar.

«Das PDF davon geht morgen Punkt zehn Uhr an die Presse. Der Versand erfolgt von einem Server im Ausland, es ist alles programmiert. Selbst wenn Sie mich eigenhändig aus dem Fenster werfen, können Sie es nicht mehr stoppen.»

Stadler pendelte auf seinem Hocker hin und her. «Warum tust du das?»

Mit der Frage hatte ich nicht gerechnet.

«Tamara hat gedroht, Sie anzuzeigen, und wurde kurz darauf umgebracht.»

«Von deinem Freund», ergänzte Stadler.

«Sie geben wohl nie auf?»

«Was willst du damit sagen?»

«Dass Sie Tamara umgebracht haben, was sonst?»

Das Zittern der Wimpern, das Zucken der Mundwinkel war kaum wahrnehmbar. Sein Lächeln wirkte gequält.

«Nun, an dem Tag, an dem Tamara umgebracht wurde, war ich dienstlich in Hamburg. Zur Tatzeit sass ich mit den Spitzen der deutschen Polizei in einem Vortrag über innerstädtische Sicherheitsdispositive, danach gab es ein gemeinsames Nachtessen. Ich bin erst am nächsten Tag abgereist.»

Mein Gesicht lief rot an, ich wusste nicht, was ich sagen sollte. Stadler beugte sich über den Schreibtisch. «Du hättest dir und mir eine Menge Ärger sparen können, wenn du mein Alibi gleich überprüft hättest. Ermittler willst du sein? Ein lächerlicher Dilettant bist du.»

Fieberhaft dachte ich nach, ich musste etwas entgegnen.

«Warum haben Sie mich dann verhaften lassen?»

«Du bist verhaftet worden?» Stadlers Überraschung schien nicht gespielt zu sein. Oder nur ein bisschen.

«Sie wissen genau, wovon ich rede. Ihr Kettenhund Dettwyler hat mir einen Junkie auf den Hals gehetzt, um mich zurück ins Gefängnis zu bringen. Ich bin auf dem Weg zum Arzt, weil ich dabei an der Schulter verletzt wurde.»

«Das tut mir leid. Eine solche Aktion würde sämtlichen Richtlinien und Werten der Zürcher Kantonspolizei diametral widersprechen. Wenn du dich über das Verhalten eines Polizisten beschweren willst, musst du Anzeige erstatten. Jede Festnahme wird im Journal festgehalten. Wann war das? Ich kann mich ins System einloggen, wir können der Sache gleich nachgehen.»

Ich winkte ab. «Ich bin sicher, dass Dettwyler alle Spuren verwischt hat.»

«Hauptwachtmeister Dettwyler ist ein guter Mann, manchmal etwas übereifrig. Unter uns gesagt, ein Linkenfresser. Wir hatten eine Sitzung, kurz nachdem mir Sandra von deinen Drohungen berichtet hat. Es ist möglich, dass ich dich erwähnt habe. Ich hoffe wirklich, dass er sich nicht zu etwas hat hinreissen lassen.»

Verdammt, er gab es zu, ohne es zuzugeben. Ich wusste, dass es unmöglich war, die Geschichte zu beweisen. Es gab ja keine Zeugen für meinen Arrest, auf dem Posten hatte mich niemand gesehen.

«Was ist mit Albert Beckenried?»

Stadler runzelte die Stirn, als wüsste er nicht, wovon ich sprach.

«Beckenried, der Henker, der zu Jan Grenacher in den Pavillon verlegt wurde, obwohl er in den Sicherheitstrakt gehört.»

Stadler nickte wie ein Schüler, der die Antwort schon weiss, bevor der Lehrer die Frage fertig formuliert hat. «Ach, das. Mit deinem Freund hatte das gar nichts zu tun. Beckenried war das Ziel, im Sicherheitstrakt konnte ihm keiner etwas antun. Wir haben nach dem Vorfall Handys konfisziert. Alles deutet darauf hin, dass die Sache von aussen gesteuert wurde. Es gibt da einen schwer kriminellen Bandenchef, der zeitweilig mit Beckenried im Sicherheitstrakt sass und noch eine Rechnung offen hatte. Er hat die Sache inszeniert. Du weisst, wie das ist. Im Gefängnis können Nichtigkeiten tödliche Konflikte werden, wenn es um die Ehre geht.»

«Auf Netflix vielleicht.»

King Kobra hatte recht gehabt. Es war gefährlich, sich mit einem Politiker anzulegen. Ich hoffte inständig, dass Stadler bluffte. Wenn Kobra wegen mir Ärger bekam, hätte ich ein echtes Problem.

Stadler wippte auf seinem Hocker vor und zurück. «Ohne Helfer innerhalb der Anstalt wäre der Plan nicht durchführbar gewesen, das ist mir klar. Die Leute, die im Strafvollzug arbeiten, sind auch nur Menschen, das weisst du besser als ich. Wir werden die Verantwortlichen auf jeden Fall zur Rechenschaft ziehen.»

Stadler war noch nicht fertig mit mir.

«Glaubst du wirklich, dass es eine gute Idee ist, diesen Brief zu veröffentlichen? Damit zerrst du Tamara erneut ins Rampenlicht. Bist du dir bewusst, was du ihrer Familie damit antust?»

«Wenn Sie es nicht selber waren, dann haben Sie sie halt umbringen lassen. Ich komm Ihnen schon noch auf die Spur, verlassen Sie sich darauf!», bockte ich.

Stadler schluckte leer. Seine Augen waren feucht. Der Gedanke an Tamara löste heftige Emotionen bei ihm aus.

«Ich verstehe, dass du deinem Mitgefangenen helfen willst, du denkst, er sei dein Freund. Aber ist dir klar, dass er dich angelogen und benutzt hat? Meinst du, ich hätte diese Vorwürfe noch nie gehört? Seine Mutter hat mich vor einem Jahr während eines Fussballspiels auf dem Letzigrund abgepasst und mir ins Gesicht geschrien, ich sei ein Mörder. Die Security wollte sie rausschmeissen. Ich habe mit ihr geredet und ihr erklärt, dass ich zur Tatzeit in Hamburg war.» Die Sportuhr vibrierte, er schaute kurz hin und tippte mit dem Zeigefinger darauf. «Es gibt Leute, die alles tun, um sich ihrer Strafe zu entziehen. Ausbrechen geht nicht mehr, also versuchen sie es mit Öffentlichkeitskampagnen. In diesem Fall glaubt allerdings nicht einmal die linke Szene an die Unschuld des Mannes, sonst wäre die Stadt mit ‹Freiheit für Jan›-Parolen zugeschmiert. Mutter und Sohn haben dich für ihren Rache-Feldzug missbraucht. Es hätte nicht funktioniert, wenn die beiden mir die Affäre angedichtet hätten. Keiner hätte einem Mörder geglaubt.» Stadler stand auf und ging zu dem Aktenschrank, der an der Wand stand. Mit flinken Fingern zog er ein Blatt aus einem Hängeregister und legte es auf den Schreibtisch. «Geschickt gemacht, das muss ich zugeben.» Es war Jans Botschaft, die Bütikofer beschlagnahmt hatte. «Keine direkte Anschuldigung, sondern ein Rätsel, er wusste genau, dass du dem nicht widerstehen könntest.» Mir wurde gleichzeitig heiss und kalt. In den Boden versinken hätte ich wollen. Ich war der Depp. Depp Jones. Stadler hatte mich ungespitzt in den Boden gerammt. Er kam um den Schreibtisch herum, stellte sich neben mich und legte mir die Hand auf die linke Schulter. Ich zuckte zusammen, er zog sie zurück.

«Gib mir den Brief und lösch das PDF. Lass Tamara in Frieden ruhen.» Seine Stimme zitterte, der winzige Riss in der kühlen Fassade.

Ich stand auf. Würde hatte ich keine mehr, was mir blieb, war Trotz.

«Geht nicht. Morgen um zehn Uhr wird Ihr Brief publik.» Sollte er auch mal eine Nacht schlecht schlafen. «Tamara wollte es so, und deswegen ist sie umgebracht worden. Wenn nicht von Ihnen, dann in Ihrem Auftrag. Schon klar, dass Sie sich die Hände nicht selber schmutzig machen.»

Einen Augenblick zögerte er, ich glaubte schon, er wollte mich festhalten und den Polizisten rufen. Mich von Dettwyler im wörtlichen Sinne weichklopfen lassen. Ich musste raus, und zwar schnell. Ich wusste, was für eine lächerliche Figur ich abgab. Der Geschlagene, der Verlierer, der einfach nicht aufgeben will, der weiter um sich tritt und «Schiebung» schreit. Ich riss die Tür auf und stürzte hinaus. Der Uniformierte, der im Vorzimmer gewartet hatte, sprang auf. Stadler nickte ihm zu. Der Polizist brachte mich nach unten.

Quer durch die grosse Halle des Hauptbahnhofs ging ich zur Permanence. Dort musste ich lange warten und hatte Zeit zum Nachdenken. Hatte Stadler Tamara wirklich umbringen lassen? Wenn ja, von wem? Wie realistisch war es, dass ein Zürcher Regierungsrat einen Mord in Auftrag gab? Seine Erklärungen zu Beckenried und Dettwyler waren Quatsch, trotzdem, er war nicht Vladimir Putin, hatte keine ergebene Garde oder einen Geheimdienst an der Hand, der eine junge Frau umbrachte, nur weil sie seiner Karriere hätte schaden können. Gab es Profis, die einen

Mord so geschickt inszenieren konnten, dass ein Unschuldiger dafür ins Gefängnis kam? Ein Unschuldiger, dachte ich, schön wär's. Hätten die es nicht nach einem Unfall aussehen lassen? Wenn jemand den Mord für Stadler begangen hatte, so hätte diese Person ihn in der Hand. Der Kanton übernahm zwar nachrichtendienstliche Aufgaben, einen kantonalen Geheimdienst gab es meines Wissens nicht, und falls doch, würde der kaum aus Sympathisanten der Grünen bestehen. Warum sollten Leute aus Polizei- und Militärkreisen Stadler helfen, die Zauberformel zu sprengen und so auf Kosten eines Bürgerlichen Bundesrat zu werden? Es ergab alles keinen Sinn. Blieb nur jemand ausserhalb der staatlichen Strukturen. Sich dem organisierten Verbrechen auszuliefern, um eine Affäre zu vertuschen, wäre mehr als dumm. Jan war ein Lügner, ein eifersüchtiger Gockel, so war er selbst von Freunden beschrieben worden. Er hatte die Mails und den Brief gelesen, Tamara in die Wohnung gelockt, war ausgerastet und hatte sie mit seinem Rasiermesser umgebracht. Wer weiss, vielleicht hat er sich das Messer zuerst an die Pulsadern gelegt und gedroht, sich umzubringen, wenn sie ihn verlassen würde. Vielleicht hatte sie ihn ausgelacht. Wie auch immer, der Fall war abgeschlossen. Schon lange. Aus die Maus.

«Herr Robert?» Ich wurde ins Behandlungszimmer gebeten. Der Arzt, der mich in seinen Praxisraum bat, war um einiges jünger als ich. Der hat etwas gemacht aus seinem Leben, dachte ich.

Ich erzählte, ich sei mit dem Velo gestürzt, dann wurde ich geröngtgt und musste noch einmal warten, ehe er mir sagen konnte, was los war: Die Schulterkapsel war angerissen.

«Sie werden ein paar Wochen nicht arbeiten können.» Der junge Doktor schrieb mir ein Zeugnis. Mit einbandagierter Schulter und lädiertem Selbstwertgefühl kehrte ich in Peters Wohnung zurück, legte mich auf das Bett und starrte an die

Decke. Der Arzt hatte mir ein Schmerzmittel gegeben, das mich dumpf machte. Einen Moment überlegte ich, nachzuschauen, ob Bier im Kühlschrank war. War es nicht meine bürgerliche Pflicht, mich zu Tode zu saufen, damit ich der Gesellschaft nicht noch jahrzehntelang nutzlos auf der Tasche lag?

Mein erster Versuch, mich nach den Jahren im Gefängnis wieder aufzurappeln, war grandios gescheitert. *I am a loser, baby, why don't you kill me,* hatte einer gesungen, der kein Loser, sondern ein Superstar war. Ich suhlte mich im Selbsthass, bis ich erschöpft abtauchte. Erst als Peter in die Wohnung trampelte, wachte ich auf.

Ich setzte eine gute Miene auf, und wir holten uns in einem der nahen Take-aways etwas zu essen, Peter kaufte dazu ein paar Dosen Bier. Er, der über dem grössten Lager der ausgesuchtesten Craft-Biere des Landes wohnte, kippte Büchsenbier.

Zum Essen setzten wir uns in die Küche.

«Wie kommst du zu so einer Wohnung?», fragte ich.

«Das Haus gehört mir. Also der Firma.»

«Alle Achtung», sagte ich.

Peter grinste. «Es war eine günstige Gelegenheit, vor zehn Jahren, während der Finanzkrise. Wenn ich abtrete, geht das alles an die Leute, die im Düsentrieb arbeiten, ich habe keine Nachkommen. Die Firma ist mein Kind.»

«Die Produktionsmittel in den Händen der Arbeiter, ich habe nicht gewusst, dass du ein Sozialist bist.»

«Ach, fahr doch ab, ich habe mal versucht, ‹Das Kapital› zu lesen, und musste nach dreissig Seiten aufgeben. Ich bin ein Punk, selber etwas auf die Beine stellen ist meine Ideologie.» Er grinste. «In der Gastronomie tummeln sich Leute, die früher lautstark die Revolution propagiert haben. Beim eigenen

Portemonnaie hört das sozialistische Gedankengut aber auf. Die Betriebe gehören nicht denen, die dort arbeiten, vielleicht wird der eine oder andere Spezi zum Aktionär, ansonsten bleibt das streng getrennt. Die Strukturen sind hierarchisch, die Gewinne werden abgeschöpft. Ist natürlich nicht nur in der Gastronomie so. Die linken Stadträte besitzen Mehrfamilienhäuser und denken gar nicht daran, sie in Genossenschaften umzuwandeln. Wenn alle Zürcher Hausbesitzer, die rot-grün wählen, das tun würden, wäre der per Abstimmung gewünschte Anteil genossenschaftlicher Wohnungen bald erreicht. Die Gewinne sind einfach zu süss und erlauben den Kindern, Künstler zu werden, Filmer und Schauspieler, Musiker und Maler. Nicht, dass sie zwingend weniger talentiert sind als andere, aber Migrantenkinder aus der Blocksiedlung sind in der Szene kaum vertreten.»

«Hm», machte ich und musste an Greg denken, aber ich wollte nicht an Greg denken, nicht an Greg und nicht an Sandra, bei denen ich mich wohl entschuldigen musste.

«Sehr gesprächig bist du nicht gerade, Köbi. Was ist mit dir los?»

«Ich bin einfach noch nicht ganz in der Freiheit angekommen. Und jetzt noch die Schmerzmittel.»

Wir gingen in das Zimmer mit den Platten, der Anlage, dem Fernseher. Peter legte die neue Buff Medways auf, es war das etwa dreihundertste Album von Wild Billy Childish, das nicht viel anders klang als alle andern davor: Gut.

«Wie viele Platten hast du eigentlich?», fragte ich.

«Keine Ahnung. Müsste schon lange mal alles bei Discogs einlesen.» Er zog das Handy hervor. «Das ist eine App, da ist alles drauf, du musst nur den Barcode scannen oder die Artikelnummer eingeben, dann weisst du, was du hast. Ein Teil der alten Scherben ist richtig wertvoll.» Er winkte ab. «Klingt einfach, ist aber mühsam, ich habe mal angefangen, aber nach etwa zweihundert Eingaben aufgehört. Wäre zwar praktisch, weil es mir immer wieder passiert, dass ich mit Platten heimkomme, die ich schon habe.»

«Wenn du mir zeigst, wie es geht, übernehme ich das für dich. Ich kann die nächsten Wochen ohnehin nicht arbeiten. Wenn ich schon hier bin, will ich mich nützlich machen.»

«Da sage ich nicht Nein», Peter strahlte, ich lud die App runter, loggte mich mit seinem Namen, PeterPank22, ein.

«Ich fang gleich morgen an. Jetzt muss ich erst mal schlafen.»

«Fahr ab, du hast doch morgen frei.» Peter war enttäuscht, er hatte sich auf meine Gesellschaft gefreut.

«Ich bin den Knast-Rhythmus noch nicht losgeworden», entschuldigte ich mich. Natürlich konnte ich nicht schlafen.

NO GOVERNMENT
(Anti-Pasti)

Als ich am anderen Morgen spät aus dem Bett kroch, hatte ich acht Anrufe auf dem Handy, Ruth, Rafi, Greg, Sandra und vier unbekannte Nummern. Ich rief Ruth zurück.
«Stadler ist heute Morgen um halb neun Uhr zurückgetreten.»
«Aus welchem Grund?»
«Burn-out. Er ist von der Bildfläche verschwunden. Seine Pressesprecherin hat ein Statement abgegeben. Du kannst es im Internet nachlesen.»
Ich musste lachen. Er war der Veröffentlichung des Briefes zuvorgekommen. Wenn sein Liebesbrief mit dem Eingeständnis, Tamara bedrängt zu haben, an die Öffentlichkeit gelangt wäre, das hätte er politisch nicht überlebt. Alibi hin oder her, dass seine Angebetete kurz darauf ermordet wurde, hätte viele Leute zum Nachdenken gebracht. Vielleicht hatte er ja doch etwas mit ihrem Tod zu tun?
«Wieso lachst du?»
«Ich glaube, ich habe einen Regierungsrat gestürzt. Mit einem Bluff.»

Ich erzählte ihr von meinem Besuch bei Stadler.

«Das Mandat von Jan kannst du abgeben. Er ist ein Arsch … und ich würde dich gern sehen.»

«Kaum, dass du Arsch sagst, willst du mich sehen?»

«Nein, ich meine …»

«Tut mir leid», unterbrach sie. «Ich bin selber kurz vor einem Burn-out. Vor dem Wochenende ist es unmöglich, vielleicht am Samstag. Ich melde mich.» Schweren Herzens und mit flattrigen Nerven legte ich auf und las das Statement der Pressestelle auf dem Handy.

Der Regierungsrat bedauerte den Rücktritt des Sicherheitsdirektors. Die massiven persönlichen Angriffe und Verleumdungen hätten ihm gesundheitlich zugesetzt, die Belastung, der er zusätzlich zu seinem ohnehin anspruchsvollen Job ausgesetzt werde, sei zu gross geworden. Herr Stadler müsse jetzt an seine Gesundheit und seine Familie denken. Es sei damit zu rechnen gewesen, dass die Angriffe auf seine Person weitergehen und eskalieren würden. Unter diesen Umständen sei es ihm nicht mehr möglich, die ihm vom Volk übertragenen Aufgaben zu erfüllen. Er danke seinen Wählern, seinen Mitarbeitenden und allen, die an ihn glaubten. Herr Stadler hielte ganz klar fest, dass die gegen ihn erhobenen Anschuldigungen falsch seien und er sich nichts habe zuschulden kommen lassen. Er vertraue darauf, dass die Polizei den Fall lösen und die Täter fassen werde.

Ein geschickter Schachzug oder eher ein Pokereinsatz, All-in, beziehungsweise All-out. Wenn um zehn Uhr, wie Stadler annehmen musste, der Brief an die Presse ginge, käme die Veröffentlichung einem Nachtreten gleich. Nachtreten gegen einen angeschlagenen Menschen. Gut möglich, dass die grossen Medienhäuser sich geweigert hätten, den Inhalt zu publizieren, geschlossen demonstriert hätten, dass sie solchen Machenschaften keinen Raum bieten wollten. So hätten sie sich wieder einmal als Hüter der Moral, des Bürgersinns und der Demokratie profilieren können. Wenn es Penisbilder gewesen wären, hätten sie wohl nicht widerstehen können, aber ein Liebesbrief?

Stadler würde den Sturm als Opfer überstehen, zurückgezogen, bescheiden. Er war erst dreiundvierzig, und könnte zu gegebener Zeit auf die politische Bühne zurückkehren, etwa wenn die Grünen bei Nationalratswahlen zulegten und auf ihren Bundesratssitz pochten. Ein Burn-out wurde verziehen.

Andrea rief noch zweimal an, auch die Nummer der Strafanstalt erschien auf meinem Display. Erst als Rafi anrief, nahm ich ab. Ich erzählte ihm, was passiert war, dass Stadler als Täter nicht infrage kam.

«Warum tritt er dann zurück?»

«Taktische Gründe. Er stilisiert sich zum Opfer und bleibt so glaubhaft.»

«Das wird ihm leicht gemacht. Die Kopien des Mailverkehrs sind gelöscht worden.»

«Ich denke, ihr habt die Sachen gespeichert?»

«Michi ist vor zwei Tagen aus der Haft entlassen worden. Ich habe es von einem Freund erfahren, der bei dem Provider arbeitet. Die Leute sind ziemlich sauer auf ihn. Wie es aussieht, hat er mit den Behörden kooperiert und ihnen Zugang zu den Servern verschafft. Alles, was Tamara betrifft, einschliesslich des Blogs, ist verschwunden.» Er schwört zwar, dass er keine anderen Daten herausgerückt hat, aber das ist schwer zu glauben. Ich hätte nicht gedacht, dass er so schnell einknickt. So ein Feigling.»

Der mit Tamara ins Bett ging. Dachte ich.

«Michi ist in Meilen aufgewachsen, der Vater ist ein Top Shot bei einer grossen Versicherung, die Mutter sitzt für die FDP im Gemeinderat. Er wird sich Sorgen um seine Karriere gemacht haben.»

«Er war zum ersten Mal im Knast, das kann schon ein Schock sein.»

«Du hast es immerhin sieben Jahre lang ausgehalten. Er war knapp eine Woche drin.»

«Das kannst du nicht vergleichen. Untersuchungshaft ist härter, im Bezirksgefängnis herrschen andere Verhältnisse als in der Pöschwies. Mehrfachbelegung der Zellen, die hygienischen Verhältnisse, dreiundzwanzig Stunden Einschluss, keine Arbeit, die Hitze. Wenn sie ihn mit ein paar unangenehmen Leuten in eine heisse Zelle gesteckt haben, ist er fix und fertig.»

«Jan ist wenigstens nicht eingebrochen.» Einen Moment war es still in der Leitung, die schon lange keine Leitung mehr war, sondern, ja, was eigentlich? Ich hatte keine Ahnung, wie ein Handy funktionierte. Durch die Luft halt. Den Äther, wie es einst hiess, weil die Leute glaubten, das Weltall bestehe aus Äther oder so.

«Er war es doch, oder?»

«Sieht ganz so aus.»

«Ehrlich gesagt, war ich inzwischen sicher, dass es Stadler war.»

«Ich auch, glaub mir. Es ist eben gefährlich, wenn man von der Schuld eines Menschen überzeugt ist, man sieht dann nur noch Hinweise, die diese These bestätigen.»

«Bis einer kommt und eine neue These aufstellt.»

«Touché», sagte ich. «Hey, wir können ja mal zusammen ein Bier trinken gehen. Würde mich freuen.»

«Du trinkst gar kein Bier.»

«Trotzdem.»

Ich schaltete das Handy in den Nicht-stören-Modus. Peters Plattensammlung war umfangreich und ging weit über Punk hinaus, sie war alphabetisch organisiert, und ich sah, dass *Billion Dollar Babies* von Alice Cooper unter A, *Welcome to my Nightmare* jedoch unter C eingeordnet war, weil es sich bei Alice Cooper im ersten Fall um den Bandnamen, im zweiten um den Namen des Solokünstlers handelte. So ein Nerd war Peter. Ich steckte Stadlers Liebesbrief in die Hülle von Nick Caves *Murder Ballads* und begann, die Singles einzuscannen. Tatsächlich war es nicht einfach, die alten Sachen hatten keinen Strichcode, und oft gab es unter derselben Artikelnummer unzählige Pressungen. Hin und wieder legte ich eine auf. *S'isch im Bahnhof gsi*, von The Mono. Zweihundert Franken kostete das Teil inzwischen. Hatte ich die noch? Ich müsste mich bei Mia melden. Ich fand die Maxi der drei Zürcher Bands Hilflos/Ostblock/Stichfest. Stichfest war eine Frauenband. Ihr Song handelte von einem eiskalten Embryo, der mit blauen Lippen in einer Tüte im Hinterhof liegt, es klang immer noch gut. Schön auch die Zeile von Ostblock: *Scheisschrist, Scheisschrist, Scheisschrist, weisst du, dass du an allem schuld bist?* An allem. Nimm dies. Radikale Ansichten machen die Welt übersichtlich, in der Jugend braucht man klare Feindbilder. «*When I was younger I knew just who to hate, from the preachers to the teachers to the leaders of our state*», das war von KLF oder JAMS oder wie immer die hiessen. Sie hatten mal ein Buch darüber geschrieben, wie man einen Pophit landet, selbiges getan und dann Banknoten im Gegenwert von einer Million Pfund verbrannt.

Ich hatte inzwischen schon ein paar Stunden lang Artikelnummern eingetippt und brauchte ein bisschen frische Luft. Ich machte einen Spaziergang durch Altstetten und erinnerte mich, dass es in der Nähe des Bahnhofs einmal eine Silberkugel gab. Es gab sie nicht mehr, inzwischen war ein Asiate eingezogen, und die typischen runden Silberkugelfenster waren mit kleinen Pagodendächern verziert worden. Mir gefiel diese Abänderung. Bausünden gehören zum Kulturgut. In Zürich wurde nur das Schöne und Gute erhalten, das Wertvolle. Der schlechte Geschmack, der an die Jugendstil-Villa angedockte Betonklotz, die kitschig bemalten Reihenhäuser, die Neureichenprotzereien und verpatzten Ausbauten, die man aus anderen Städten kennt, gab es hier nicht. Das war schade, so verkam die Stadt zum durchgestylten Heimatmuseum für Bildungsbürger.

Essen wollte ich trotzdem woanders. Ich fuhr in die Innenstadt.

«Köbi», rief jemand. An einem der Aussentischchen des Cafés El Greco, das inzwischen Café Lang hiess, sass eine grauhaarige Gestalt und winkte.

«Erich?»

«Knapp daneben, ich heisse immer noch Ernesto.» Stimmt, klang exotischer, mehr nach Künstler. War er nicht Künstler gewesen?

«Wie geht's, was macht die Kunst?»

Ernesto lachte. «Hockst du ab, oder hast du es eilig?»

«Beides.»

Ich kannte Ernesto vom AJZ, er hatte Wandbilder gemalt, Feste gefeiert, referiert, man war sich immer wieder über den Weg gelaufen. Das letzte Mal vor etwa fünfzehn Jahren. Schätzte ich.

«Du musst mir den Kaffee bezahlen. Ich hock hier nämlich schon lange vor der leeren Tasse, wenn du etwas bestellst, muss ich auch etwas bestellen.» Er deutete auf die dickwandige, eingekrustete Espressotasse.

Eine junge Frau in einer weissen Bluse, schwarzem langem Rock und blassblauer Schürze kam an unseren Tisch. «Zwei Expresso», sagte ich. «Espressi», verbesserte mich Ernesto und schaute ihr nach. Vor sich hatte er verschiedene Tageszeitungen und ein Notizbuch, aus dem Zeitungsausschnitte, Zettel und Post-its schauten.

«Die Kunst habe ich schon lange aufgegeben», beantwortete er meine Frage. «Das ist eine Mafia, du hast keine Chance, wenn du nicht den richtigen Leuten in den Arsch kriechst.» Er schüttelte angewidert den Kopf und schaute einer sehr jungen Frau in sehr engen Jeans hinterher.

«Wie alt bist du eigentlich?», fragte ich. Ernesto war ein paar Jahre älter als ich, hatte früher im Dachgeschoss eines Werkgebäudes im Kreis 4 gewohnt, heute würde man so was wohl Loft nennen, und dort seine grossformatigen Bilder gemalt. Wann immer man ihn besuchte, hatte er Zeit, etwas zu trinken, etwas zu rauchen. Eine Zeit lang unterhielt er in seinem Atelier-/Wohnraum eine illegale Bar, davon lebte er. Seine Bilder hatten mir nicht gefallen. Ich hatte den Verdacht, es ginge ihm mehr darum, Künstler zu sein, als Kunst zu machen. Ein Bohemien und Frauenschwarm, eine Figur aus einem Roman von Henry Miller, das war sein Ideal. Ernesto las viel, diskutierte viel, wusste sich in Szene zu setzen. Er hatte ein paar Ausstellungen, gewann ein paar Stipendien und Atelieraufenthalte, in New York oder so, irgendwann Ende der Achtzigerjahre, als die Kulturförderung massiv aufgestockt wurde, nicht zuletzt, um die Bewegung ruhigzustellen.

«Vierundsechzig, ich bin frühpensioniert», er winkte ab. «Unfreiwillig. Ich habe noch hier und da unterrichtet, aber auch das war irgendwann mal fertig. Zum Schluss war ich Lagerist, da haben sie mich rausgeschmissen, weil ich zu langsam war.»

Die Bedienung brachte unsere «Espressos». «Danke, schöne Frau», sagte Ernesto auf Hochdeutsch und lächelte speckig. «Zuletzt war ich auf dem Sozialamt, nächstes Jahr kommt die AHV.»

Ich musterte ihn. Bei genauerem Hinsehen war das Hawaiihemd, das er trug, fadenscheinig, die Jeans abgewetzt, die Lederschuhe ausgetreten. Er hatte seinen Stil bewahrt, lange graue Locken, eine Sonnenbrille im Haar. Nur die Lesebrille aus blauem Plastik, die um seinen Hals baumelte, störte das Bild.

Ernesto kippte Zucker in den Kaffee. «Du weisst ja, wie das ist, Köbi. Das kapitalistische System produziert mehr Verlierer als Gewinner.» Er zeigte auf die Leute, die geschäftig vorbeigingen, sein Blick folgte einer jungen Frau in Leggins und einem Bikinitop, die mit einer Yogamatte unter dem Arm an uns vorbeiging. Es war Sommer und die Mode, speziell die der jungen Leute, ziemlich minimalistisch. Die ersten Tage, frisch aus dem Gefängnis, hatte mich das verwirrt. Nach ein paar Tagen gewöhnte ich mich an die allgegenwärtige nackte Haut. In der Stadt war's wie in einer Badi. Kein Grund, sich den Hals zu verrenken.

Er hielt mir ein Gratisblatt unter die Nase, das am Nachmittag erschien, es musste druckfrisch sein. Stadlers Rücktritt war auf der Titelseite.

«Jetzt hat es wieder einen erwischt. Das war zwar ein Grüner, aber er hat gegen den linken Mainstream gekämpft. Hat gewagt, zu sagen, dass wir ein Problem mit Asylanten und Ausländern haben, und wusch ... ist er weg.» Ernesto lächelte wissend.

Ich schielte auf die Zeitung. Der Artikel war auf Seite drei. «Weisst du, wie viele Ausländer täglich zum Sozialamt kommen? Und frech sind die, meine Güte. Für die sind wir ein Selbstbedienungsladen. Wenn die hier ankommen, sind sie im Paradies gelandet und müssen nur noch die Hand aufhalten. Wegen denen gibt es keine billigen Wohnungen mehr in der Stadt. Die Häuser sind voller Asylanten, deren Miete das Sozialamt zahlt. Da geht's zu wie im Dschungel, meine Fresse, ich sag's dir, Schlägereien, Messerstechereien, Vergewaltigungen, die Polizei geht da gar nicht mehr hin.»

Ich kippte meinen Espresso und sah mich nun meinerseits nach der jungen Bedienung um. Ich wollte zahlen. Sie mied unseren Tisch. Konnte ich verstehen, wenn Ernesto jeden Tag hier hockte und seine vor mehreren Jahrzehnten verpuffte Wirkung auf Frauen zu aktivieren versuchte.

«Stadler ist nur das jüngste Opfer der Asylmafia. Aber glaub mir, die Leute lassen sich nicht ewig verarschen.»

Ich legte ihm die Hand auf den Arm. «Stadler wurde nicht von der Asylmafia gestürzt, er hat eine Praktikantin angebaggert, die wenig später ermordet wurde. Woher ich das so genau weiss? Weil ich selber die Daten an die Presse geschickt habe. Ich war gestern bei ihm im Büro und habe ihn zum Rücktritt bewegt. Es ist eine lange komplexe Geschichte. Wenn es dich interessiert, erzähl ich sie dir gern.»

Die Bedienung kam mit einem Zettel. Ich reichte der Frau eine Zehnernote. «Ist gut so.»

Ernesto lachte und schlug mir auf die Schulter, die rechte, Gott sei Dank. «Du gefällst mir, Köbi, du warst schon immer ein Vogel.»

«War schön, dich zu sehen, ich muss leider.» Ich stand auf und ging zur Tramstation hinüber. Spätestens nach diesem Gespräch verstand ich, warum niemand mehr die Meinung alter weisser Männer hören wollte. Mir war es recht, suspendiert zu sein. Ich empfand dieses ständige Meinung haben und äussern in erster Linie als anstrengend und in zweiter als Zeitverschwendung.

Ich fuhr zurück nach Altstetten, Peter kam wenig später in

die Wohnung, wir gingen wieder zu einem Take-away und dann wieder heim, Platten hören. Als Punks hatten wir uns alle gegenseitig besucht, um die Sachen zu hören, die wir selber nicht hatten. Diese Spannung, wenn jemand eine neue Platte auflegte. Nicht wenige Songs aus dieser Zeit frästen sich direkt in unser Gehirn und veränderten es für immer. Wir sassen rum, tranken Bier, redeten und nahmen Kassetten auf. War das Spannendste, was es zu tun gab.

Peter zeigte mir das Gratisblatt, das mir Ernesto schon unter die Nase gehalten hatte. Ihn interessierte eine andere Meldung: FCZ-Fans hatten sich am Utoquai eine Auseinandersetzung mit der Polizei geliefert.

«Wir haben ein Problem mit jungen Männern, die eine Gemeinschaft suchen, ein paar Buchstaben oder Farben, für die sie kämpfen können.» Peter trank einen Schluck Bier. «Während Jahrhunderten wurden solche jungen Männer in Armeen zusammengezogen und aufeinander losgelassen. Dabei ist ein grosser Teil der Rauflustigen und Furchtlosen, der Brutalen und Aggressiven umgekommen. Das ist schon länger nicht mehr der Fall, darum toben sie sich im zivilen Leben aus. Es wäre Zeit für ein Reality-TV-Format, bei dem gewalttätige Gruppierungen gegeneinander antreten, ähnlich wie bei einer Fußballweltmeisterschaft. So würde die berüchtigte Allschwil Posse in den Regionalausscheidungen die Innerschweizer Hammerskins besiegen, um dann von russischen Hooligans dezimiert zu werden. Diese träfen im Viertelfinale auf die Al-Aksha-Brigaden und schieden ebenfalls aus. Im einen Halbfinale träfe die Hisbollah auf die Hells Angels, im anderen der IS auf das Sinaloa-Kartell, eine Direktbegegnung der Enthauptungsspezialisten, sehr interessant.»

Ich musste lachen. «Bei allem Respekt, Chef. Du hast eine Schraube locker.»

WOMAN IN DISGUISE
(Angelic Upstarts)

Am nächsten Tag stiess ich beim Einlesen der Platten auf eine signierte Nirvana-Single. Meine hatte ich damals direkt beim Label bestellt. Als Abonnent wurde einem einmal im Monat eine Single zugeschickt. Die erste, die bei mir eintraf, war die von Nirvana. Auf der Hülle, die ich jetzt in der Hand hielt, stand mit Filzstift «To Kobe», darunter die Unterschriften der Bandmitglieder. Entweder hatte der amerikanische Basketball-Spieler Kobe Bryant sein Exemplar auf eBay verkauft und Peter hatte es ersteigert, oder er hatte es mir in jener Nacht, als wir, trunken vor Glück und Unmengen Bier, im Taxi heimgefahren waren, stibitzt. Ich schaute auf Discogs nach, was sie inzwischen kostete. Zweitausend Franken, unsigniert. Ohne sie einzulesen, stellte ich sie weit vorne neben den Plattenspieler in die Kiste mit den Singles. Ich würde sie bei nächster Gelegenheit zufällig finden und Peter zur Rede stellen.

Der versuchte, mich zu überzeugen, am Samstag mit nach Schaffhausen zu fahren, wo eine legendäre Punkband auftrat, die ich früher hoch verehrt hatte. Ihre letzte gute Platte lag über ein Vierteljahrhundert zurück, und für Lieder über den inzwischen beendeten Nordirlandkonflikt oder die verstorbene Margaret Thatcher war es irgendwie zu spät.

Andererseits wäre es bestimmt ein Klassentreffen, eine Gelegenheit, ehemalige Weggefährten zu sehen. Die Entscheidung fiel am Samstag um 17.14 Uhr, als Ruth anrief. Ich liess die alten Punks alte Punks sein und fuhr zu ihr.

«Lass uns bitte nicht über Remo Stadler und die ganze Geschichte reden», bat sie, kaum dass sie die Tür aufgemacht hatte.

«Wer ist Remo Stadler?», fragte ich. Sie zog mich in die Wohnung, die wir nicht mehr verliessen, draussen war es viel zu heiss. Noch immer war Sommer, es hörte gar nicht mehr auf. Am Sonntag warf sie mich abends um halb zehn hinaus.

«Du hast schon die letzte Nacht bei mir verbracht. Ich will nicht, dass du dich häuslich einrichtest.» Schade, genau das hatte ich vorgehabt.

Ich ging zu Fuss nach Altstetten, die Wohnungstür war nicht abgeschlossen, was hiess, dass Peter zu Hause war. Drinnen war es dunkel, nur in der Küche brannte Licht. Im Wohnzimmer, das sah ich auch im Halbdunkel, herrschte Chaos. Peter lag in Unterhosen und ärmellosem T-Shirt auf dem Sofa. Hat er vielleicht eine einsame Party gefeiert? Eine Platte rausgezogen, ein Stück angespielt, die nächste hervorgeholt, die alte nicht mehr in ihre Hülle gesteckt? Alles auf den Boden geschmissen? Mehr Musik, mehr Bier, mehr Bier! Kannte ich. Hatte mir viel Ärger mit den Nachbarn eingebracht. Hier gab es keine Nachbarn. Ein grosser Vorteil der Wohnung. Es standen keine leeren Bierdosen herum, keine Schnapsflaschen. Die Kiste mit den Singles, die neben dem Plattenspieler stand, war leer. Bestimmt hundert

Platten waren auf dem Boden verstreut. Einige waren zerbrochen. Jemand war darauf herumgetreten. Das würde Peter nie tun, nicht einmal im Vollsuff. Mit Schrecken sah ich, dass die Nirvana-Single in der Mitte durchgebrochen war. Ich stiess Peter an, er rührte sich nicht, ich schüttelte ihn, er stöhnte auf.

«Peter, steh auf, was ist hier los?» Ich machte Licht. Das schwarze T-Shirt war feucht. Ich schrie auf. Der schwarze Plastikgriff eines Küchenmessers ragte zwischen seinen Schulterblättern hervor. Ich trat in den Flur hinaus und kontrollierte vorsichtig alle Zimmer. Meine Kleider lagen am Boden, die Matratze war vom Bett gezerrt worden. Ich kehrte ins Wohnzimmer zurück. Die Platten waren eine nach der anderen aus der Hülle gezogen und auf den Boden geschmissen worden. Als letzte Nick Caves *Murder Ballads*. Der Brief war weg. *Hijodeputa!* Stadler hatte also doch Mörder auf seiner Lohnliste! Ich rief die Polizei.

Die Rettungssanitäter trugen Peter auf der Bahre hinaus, ich wollte mit, aber ich musste den Polizisten Fragen beantworten und auf die Spurensicherung warten.

«Ist das Ihr Freund, der abgestochen wurde?», fragte der junge Beamte. Er sagte Freund mit angedeuteten Anführungszeichen, wollte wissen, ob wir ein schwules Paar waren.

«Nein, ich bin nur zu Gast hier.»

Als Partner wäre ich der Hauptverdächtige, Gast klang aber auch verdächtig.

«Sieht nach einem Einbruch aus, der eskaliert ist. Ihr Freund hat die Diebe überrascht. Profis hinterlassen nicht so ein Chaos. Ich tippe auf Zigeuner, die sind schnell mit dem Messer.»

Der Polizist war Anfang dreissig, gross und trainiert. «Die Einbrecher scheinen etwas gesucht zu haben. Gibt es in der Wohnung Wertgegenstände?»

«Ja, die Platten.» Ich wollte die Nirvana-Single aufheben.

«Nichts anfassen», herrschte er mich an.

«Die wurden aber nicht geklaut, nur beschädigt.» Ich deutete auf die kaputte Single. «Die allein war zweitausend Franken wert. Sie hat mir gehört.»

«Das müssen Sie mit der Versicherung ausmachen», sagte der Polizist unbeeindruckt. «Ich verstehe nicht, wie man so viele Platten haben kann. Auf Platten oder CDs ist doch immer ein Haufen Schrott drauf, den man gar nicht hören möchte. Ich streame nur die guten Stücke. Kennen Sie Spotify?»

Es war nicht der Moment, das Album als musikalische Einheit zu verteidigen. Zumal das meistverkaufte Album aller Zeiten die «Greatest Hits» der Eagles war. Also gar kein richtiges Album.

«Kann es um Drogen gegangen sein?»

«In dieser Wohnung finden Sie nicht einmal einen Krümel Gras.»

Die Spurensicherung kam, ich musste mit zur Polizeiwache. Als Tatzeit wurde der frühe Abend festgestellt. Zum Glück hatte ich ein Alibi. Obwohl es schon halb zwei Uhr morgens war, nahm Ruth das Telefon ab und bestätigte, dass ich bis halb zehn bei ihr gewesen war. Wenig später durfte ich gehen. Mit dem Taxi fuhr ich ins Triemli-Spital. Peter war im Koma, hing an Schläuchen und Maschinen, sah aus, als läge er im Sterben. Ich musste das Zimmer verlassen. Als ich ins Freie trat, wurde es draussen bereits hell.

Ich ging direkt in den Düsentrieb, wo die Arbeit eben aufgenommen wurde. «Peter ist überfallen worden, er liegt im Koma», sagte ich zu dem jungen Mann, der im Büro arbeitete. Er rief die Belegschaft zusammen, und ich berichtete, was vorgefallen war. Die Leute waren geschockt, aber der Betrieb musste weitergehen. Allerdings ohne mich, ich ging zurück in die demolierte Wohnung.

Wut, ich spürte die Wut, die in der Wohnung hing, die Wut, mit der Peter abgestochen worden war. Stadler war zu einer solchen Wut nicht fähig. Er war zu kühl, zu vorausschauend, zu berechnend. Diese Wut kannte kein Ziel, sie vernichtete, was sich ihr in den Weg stellte. Es war die Art von Wut, die ich empfunden hatte, als ich dem Junkie auf der Hohlstrasse den Kinnhaken verpasst hatte. Wie die Duftspur eines Lebewesens hing sie im Raum. Vielleicht war es das, was die Menschen früher als Schwefelgeruch des Teufels bezeichnet hatten.

Ich machte mich daran, die Wohnung zu putzen, die Platten wieder einzuräumen. Die kaputten legte ich zur Seite. Jede einzelne würde ich ihm ersetzen. Ausser der Nirvana-Single, die mir gehört hatte. Vor zehn Jahren wäre das unmöglich gewesen, über Discogs war es nur eine Frage des Preises. Ich würde bis an mein Lebensende Überstunden machen müssen.

Am Dienstag kurz vor Mittag klingelte es. Iris stand vor der Tür. Die Wohnung war sauberer und aufgeräumter denn je, ich bat sie herein und erzählte ihr, was geschehen war. Sie war am Montag nicht im Geschäft gewesen. Stadler und den Brief liess ich aus.

Sie nagte an ihrer Unterlippe. «Ich muss dich etwas fragen. Du kennst ihn, Köbi. Glaubst du, dass Peter sich Prostituierte in die Wohnung kommen liess?»

«Was willst du damit sagen?»

Sie setzte sich auf ihre Hände. «Nun ja. Ich war am Sonntagnachmittag im Büro und habe die Bestellungen abgearbeitet, die übers Wochenende reingekommen sind, alles für die erste

Tour am Montag vorbereitet. Eine geschminkte Platinblonde ist ums Haus rumgestöckelt. Sie trug Hotpants über Netzstrümpfen und hochhackige Schuhe, ein enges Top mit grossem Ausschnitt. Ich habe gesehen, wie sie das Haus betreten hat. Es geht mich nichts an, und ich will auch nicht urteilen, aber es könnte etwas bedeuten. Vielleicht gab es Streit. Ich habe gelesen, dass viele Prostituierte auch Freebase liefern und den Freiern dafür hohe Beträge über die Kreditkarte abbuchen.»

«Das geschieht allenfalls in den Salons, und Peter hat nicht mal gekifft», antwortete ich gereizt.

Sie zog die Hände unter ihren Schenkeln hervor und hob sie abwehrend. «Hätte ja sein können. Ich sehe ihn immer nur in seinem Büro verschwinden, manchmal völlig übernächtigt und nach Alk stinkend.»

Peter war Single. Schon möglich, dass er sich eine Prostituierte bestellt hatte. Ich wusste nicht viel mehr über ihn als Iris. Es würde zu ihm passen, dass er dazu nicht einmal die Wohnung verliess.

«Ich wohne erst seit ein paar Tagen hier, er hat nichts dergleichen erzählt.»

«Würde er es zugeben?»

Schwer zu sagen. Es gab Männer, die sich schämten, zu Prostituierten zu gehen, es gab solche, die geradezu stolz darauf waren. Andere lagerten ihre Sexualität nach Brasilien, Kuba oder Thailand aus.

Er war nur mit Unterhose und T-Shirt bekleidet gewesen. Aber das musste nichts bedeuten. Vielleicht schlief er immer so.

«Ich glaube, du täuschst dich. Sie kann auch in eines der Büros bestellt worden sein, von einem braven Ehemann, der am Sonntag Überstunden schiebt. Oder eine schnelle Nummer.»

Iris stand auf. «Ich sollte wieder runtergehen», sagte sie.

«Tu das», sagte ich.

Ich musste raus aus der Wohnung. Ziellos ging ich durch die Stadt, trank am Lochergut einen Espresso. Ich schaute mir die Leute an. Weit und breit war ich der Einzige, der lange Hosen und Socken trug. Die Männer trugen allesamt Cargoshorts oder knielange Jeans, dazu Sneaker oder Flip-Flops. Die Frauen entweder Blumenkleider oder kurze Jeans. Sehr kurze Jeans, Hotpants. Die modebewussten, geschminkten Secondas dazu High Heels und luftige Tops. Mir ging ein Licht auf. Iris, die sich nicht für Mode interessierte, hatte sich täuschen lassen. Die Mode wurde schon seit Längerem vom amerikanischen White Trash inspiriert. Outfits, die viel Geld kosteten und sich nicht gross von jenen der Kleinkriminellen und Prostituierten unterschieden. Auf dem Handy fand ich das Bild der Person, der ich so ein Outfit zutraute.

Ich rief Rafi an, der nicht abnahm. So musste ich mir mittels Schlags gegen den Türknauf Zutritt zu seinem Haus verschaffen. Ich klingelte an jeder Tür. Was die Bullen nicht gemacht hatten, als Tamara umgebracht wurde. Der Fall war klar gewesen, der Täter verhaftet. Es waren vor allem Frauen zu Hause, einige sprachen kein Deutsch, aber mein Anliegen liess sich auch ohne Worte erklären. Alle schüttelten den Kopf.

Enttäuscht ging ich in den Kebabstand gegenüber und trank eine Cola Zero, den Kebab zum Wegwerfen würde ich später bestellen. Auch dem Besitzer hielt ich mein Handy hin. Seine Augen leuchteten auf.

«Ah, schöne Frau. Kam nur kurze Zeit.»

«Sie war hier? Sind Sie sicher?»

«Es kommt nicht so oft vor, dass so eine Frau stundenlang in meinem Lokal sitzen bleibt.»

«Wann war das?»

«Als ich übernommen habe, vor zwei Jahren, im Winter.»

«Was hat sie gemacht?»

«Nichts. Aus dem Fenster geschaut. Mir kam es vor, als warte sie auf jemanden. Sie blieb den ganzen Nachmittag. Am dritten Tag ist sie rasch aufgestanden und rausgegangen. Danach ist sie nie mehr gekommen.»

«Wann genau war das?»

Er zuckte mit den Schultern. «Weiss ich nicht mehr. Aber an dem Tag ist da drüben, wo ihr Freund wohnt, etwas passiert, das weiss ich noch. Ist kein gutes Haus, das. Krankenauto war da und Polizei.»

Beinahe hätte ich ihn am Kragen gepackt. «Das muss der Tag gewesen sein, an dem Tamara umgebracht wurde.»

Er runzelte die Stirn. «Stimmt, ich habe so was gehört. Ein Freund, der Taxifahrer ist, hat was erzählt, ich habe gedacht, es ist Geschwätz.» Er winkte müde ab.

«Nein! Lesen Sie denn keine Zeitung?»

«Nur türkische Zeitung.»

Ich kaufte vier Kebab und liess sie in eine Papiertüte einpacken. Drei Strassen weiter warf ich die Tüte in einen Container.

Der Fall war gelöst.

KILL FROM THE HEART
(The Dicks)

Zur Polizei gehen konnte ich allerdings nicht. Wenn ich Viktoria, Stadlers Ehefrau, des Mordes an Tamara bezichtigte, riskierte ich, als Stalker verhaftet oder als Paranoiker in die Psychiatrische Universitätsklinik eingeliefert zu werden.

Es blieb mir nichts anderes übrig, als bei Greg zu Kreuze zu kriechen. Ich rief ihn an und bat ihn, mich mit Stadler und seiner Gattin zusammenzubringen, aber er sperrte sich.

«Vergiss es.»

«Es ist wichtig, und ich will, dass du dabei bist.»

«Unmöglich.»

«Greg, ich weiss, wer Tamara umgebracht hat. Es war nicht Stadler.»

«Ich muss das mit Sandra besprechen.»

«Ihr habt euch versöhnt? Da bin ich aber erleichtert.» Gelogen, gelogen.

«Wir wollen das, was wir haben, nicht aufgeben. Auch wenn ich ihr Vertrauen missbraucht habe.»

«Du hattest wirklich eine Affäre?»

«Ja, nein, es war mehr. Ich ... ich erklär dir das ein andermal. Ich hätte nie gedacht, dass Sandra mein Handy kontrolliert.»

Er war nicht der Einzige, der seine Frau in dieser Hinsicht unterschätzte.

«Greg, du musst doch nicht um Erlaubnis fragen. Wenn du ihn anrufst, kommt er.»

«Stadler hat sich aus der Politik zurückgezogen, er braucht mich nicht mehr.»

«Ich glaube nicht, dass er seine Bundesratspläne begraben hat.»

Greg seufzte tief. «Versprichst du mir, dass du keinen Scheiss machst?»

«Versprochen. Bei Hugo Koblet und Fausto Coppi.»

Das Treffen fand am Freitagabend bei Greg statt. Peter war noch nicht aus dem Koma erwacht. Zu meinem Verdruss war auch Sandra dabei. Greg hatte also doch um Erlaubnis gebeten. Unsere Begrüssung war mehr als kühl.

«Ich hoffe, heute klärt sich alles auf, und du kannst den Schaden, den du angerichtet hast, wenn schon nicht wiedergutmachen, so doch wenigstens erklären, was dich da geritten hat. Wenn du irgendeinen Blödsinn machst, rufe ich die Polizei. Ich werde sagen, dass du gewaltsam ins Haus eingedrungen bist und Stadler belästigt hast, hörst du?»

«Das ist mir klar», sagte ich ruhig. Ich wollte in der Küche warten, bis Greg mich rief.

«Wo ist nun die Überraschung, die du angekündigt hast?», fragte Stadler aufgeräumt, als er und seine Gattin in Gregs Wohnzimmer Platz genommen hatten und einen guten Weissen tranken. Ein weiterer warmer Sommertag, der letzte Augusttag, eigentlich hätte man im Garten sitzen können, aber Stadler wollte nicht gesehen werden, offiziell litt er an einem Burn-out und musste sich schonen. Zum ersten Mal kamen ihm die verdunkelten Scheiben am Range Rover seiner Frau wohl ganz gelegen. Auf dem Velo ist es schwieriger, inkognito zu bleiben. Ausser im Rennveledress, da sahen sie alle gleich aus, gleich doof, die OMILs, die Old Men in Lycra.

«Komm herein», rief Greg, und ich trat durch die Küche in das Zimmer. Viktoria sprang auf, Stadler verschluckte sich.

«Das ist wohl ein schlechter Witz?», schimpfte er und erhob sich ebenfalls.

«Bleiben Sie sitzen, es dauert nicht lange», sagte ich freundlich.

«Willst du mich wieder erpressen?», fragte Stadler.

«Nein, mich entschuldigen, dass ich Sie verdächtigt habe, Tamara umgebracht zu haben.» Er entspannte sich ein wenig und setzte sich wieder. «Ich weiss jetzt, wer es war: Ihre Frau!»

Greg sah Viktoria überrascht an. «Du hast mich letzte Woche angerufen, weil du Köbi bei euch in der Gegend rumschleichen gesehen hast.»

«Ich habe die Stadt nie verlassen», stellte ich klar.

«Du hast gefragt, ob er immer noch bei mir wohnt, und ich habe dir gesagt, dass er zu seinem Arbeitgeber gezogen ist.» Das hatte ich Greg per Mail mitgeteilt und ihn gebeten, mir die Post nachzuschicken, bis ich etwas Festes hätte.

«Sie hat sich Zutritt zu der Wohnung verschafft und ihn lebensgefährlich verletzt», erklärte ich.

Stadler sah seine Frau mit stumpfem Blick an.

«Was hast du jetzt schon wieder getan? Du hast geschworen, dass der Tod von Tamara ein Unfall war, dass du ihr das Messer nur zum Schein an den Hals gehalten hast, damit sie dir sagt, wo der Brief ist. Ist dieser Mann etwa in ein Messer gefallen?» Stadler wurde nicht laut, er wurde ganz leise. Sein Hass war eiskalt.

«Seit wann wissen Sie, dass Ihre Frau Tamara umgebracht hat?»

«Bütikofer rief mich an, weil der Mann, den ich bis dahin für den Täter gehalten hatte, den Fall neu aufrollen wollte. Ich hatte ihn gebeten, ein Auge auf diesen Jan zu haben. Ich ging davon aus, dass er von meinem Verhältnis zu Tamara wusste und nur darum nie davon gesprochen hatte, weil er es nicht belegen konnte. Bei den neuen Beweisen, von denen er sprach, musste es sich um meinen Brief und den Mailverkehr handeln. Darum habe ich meiner Frau alles gestanden. Dabei wusste sie es schon die ganze Zeit!»

Viktoria schlug ihn mit der Faust auf den Arm. «Du glaubst, ich sei ein dummes Ding, das sich nur fürs Shoppen interessiert. Nichts weisst du. Im Gegensatz zu dir kenne ich mich mit Handys und Computern aus. Natürlich kontrolliere ich alles. Weil du mich immer nur anlügst!» Sie stampfte auf und rammte ihren Siebenzentimeterabsatz in den Boden. Ich musste an die Nirvana-Single denken und zuckte zusammen. «Du bist ein ehrloser Feigling! Als ich meine Familie, die in einem Kriegsgebiet lebt, hierherholen wollte, hast du dich geweigert. Weil es die Karriere gefährden könnte, wenn herauskommt, dass der Minister die Angehörigen seiner Frau bevorzugt behandelt.»

«Ich bin kein Minister», presste Stadler zwischen den Zähnen hervor und griff sich mit beiden Händen an den Kopf. «Das hast du bis heute nicht begriffen, du hast überhaupt nichts begriffen.»

«Oh doch, ich habe begriffen, dass du immer nur an dich denkst. Die Familie ist das Wichtigste im Leben, das ist es, was *du* nicht begriffen hast. Meine Eltern, meine Geschwister und meine Cousins leben in ständiger Gefahr. Doch der feine Herr Schweizer weigert sich, ihnen zu helfen, weil er seine Karriere nicht aufs Spiel setzen will. Erst will er die Neuwahlen abwarten, dann steht er zu sehr im Rampenlicht, dann will er seine Chancen auf den Bundesrat nicht gefährden. Kaum aber wackelt so eine kleine Schlampe mit dem Hintern, ist die Karriere nicht mehr wichtig, will er alles aufgeben. Ich habe eure Nachrichten gelesen. Als sie dir drohte, habe ich sie besucht und zur Rede gestellt. Sie hat mir erzählt, was du getan hast und dass es einen Brief gibt. Ich konnte nicht zulassen, dass du dich aus der Politik zurückziehst, ehe meine Familie in Sicherheit ist. Mit dem Brief hätte ich etwas gegen dich in der Hand gehabt.» Viktoria konnte sich kaum mehr beherrschen, wieder schlug sie auf ihn ein.

Sandra versuchte, sie zurückzuhalten, aber Viktoria verpasste ihr mit dem Ellbogen einen Schlag in den Magen. Viktoria kannte keine Frauensolidarität. Sie hatte gelernt, sich durchzuschlagen.

«Ich dachte, du seist zu ihr gegangen, weil du eifersüchtig warst. Weil ich Tamara geliebt habe», sagte Stadler leise.

«Aber verheiratet bist du mit mir. Diese Frau hat dich reingelegt, sie war eine Kommunistin, die deine Karriere zerstören wollte, deinen grossen Traum. Bundesrat wolltest du werden. Minister. Das hast du mir selber gesagt. Ich bin nicht blöd. Ich habe dich Minister genannt, weil du einer werden solltest.»

«Ich hatte mit dem Fall abgeschlossen und wäre Ihnen nie auf die Spur gekommen, wenn Sie nicht bei Peter eingebrochen wären», mischte ich mich ein.

«Mein Mann hat mir alles erzählt. Dass Sie ihn bedroht haben. Warum er zurücktritt.» Sie sah ihn an. «Wer das Original hat, hat dich in der Hand. Darum musste ich es haben. Dieser Anarchist hätte dich damit erpresst. Ich wollte ihn dazu verwenden, meine Familie zu retten.»

Sie stampfte wieder mit dem Fuss. Ein lauter, harter Knall.

«Für deine Schweizer Freunde bin ich ohnehin die Russennutte, die Männer geifern mich an, und die Frauen reden kein Wort mit mir. Mich interessiert nicht, mit wem du ins Bett gehst.

Ich bin froh, wenn du mich in Ruhe lässt, meinst du, es macht mir Spass? Du widerst mich an.»

«Ich rufe jetzt die Polizei.» Sandra sass noch immer gekrümmt da und hielt sich den Bauch. Greg stand hinter ihr, die Hand auf ihrem Rücken.

Mit einer schnellen Bewegung riss Viktoria die Weinflasche aus dem Kühler und schlug sie ihrem Mann über den Kopf. Er glitt aus dem Sessel zu Boden. Sie hatte einen harten Schlag. Mit dem abgebrochenen Hals hielt sie uns in Schach.

«Handys hier auf den Tisch.»

Sandra und Greg gehorchten mit langsamen Bewegungen.

«Meins ist in der Küche.» Es war kein Trick, es war die Wahrheit.

Sie trat näher zu mir heran, der abgebrochene Flaschenhals war nur ein paar Zentimeter von meinem Gesicht entfernt. Ich spürte ihre Wut, es war die Wut, deren Geruch in Peters Wohnung gehangen hatte. Die Angst, die aller Wut zugrunde liegt, lähmte mich. «Dein Freund hat mich überrascht, ich dachte, es sei niemand in der Wohnung, und begann zu suchen. Ich habe vermutet, dass einer, der Platten liebt, wertvolle Dinge in den Plattenhüllen versteckt. Auf einmal ist er aufgetaucht und ist auf mich losgegangen. Ich habe mich nur gewehrt.» Meine Angst schlug in Rage um. Meine Faust traf ihr Kinn. Etwas, das sich wie ein kalter Luftzug anfühlte, streifte meine Wange. Sandra und Greg schrien auf. Viktoria stürzte nach hinten und schlug mit dem Hinterkopf gegen die Sofakante. Ich kickte ihr die Flasche aus der Hand. Von meiner Wange tropfte Blut.

Stadler, noch benommen, rappelte sich auf, packte sie und hielt sie fest. Viktoria spuckte ihm ins Gesicht. Sie konnte von Glück sagen, dass er zu mörderischer Wut nicht fähig war. So blieb sie am Leben. Greg eilte Stadler zu Hilfe, Sandra schnappte sich ihr Handy und rief die Polizei.

STAY FREE
(The Clash)

Es ist jetzt ein halbes Jahr her, dass ich Jan im Gefängnis besucht habe. Damals habe ich mir geschworen, nie wieder dorthin zurückzukehren, jetzt brach ich diesen Schwur. Weil eine Limousine für eine Besetzerkruste wie Jan nicht das richtige Fahrzeug war, hatte ich im Düsentrieb einen kleinen Lastwagen ausgeliehen, auf dem Rafi ein Soundsystem montiert hatte. Das wir sofort abstellen mussten. Was zählte, war die Geste. Viele Leute waren gekommen, Andrea war natürlich da. Jan weinte hemmungslos, als er durch die Tür trat und uns sah.

Es hatte so lange gedauert, weil Viktoria zunächst nichts sagte. Wie auch, ihr Kiefer war gebrochen und verdrahtet. Mein Fehler, aber ich wurde nicht angezeigt. Drei Zeugen bestätigten, dass es Notwehr war. Selbst als sie wieder reden konnte, schwieg sie erst mal. Der Fall wurde neu aufgerollt, diesmal richtig. Neue Zeugen wurden vernommen, das Rasiermesser noch einmal untersucht. Ihre Fingerabdrücke waren darauf. Die Polizei hatte damals Jans Fingerabdrücke und seine DNA auf der Tatwaffe gefunden und sich damit zufriedengegeben. Dass da noch andere Fingerabdrücke drauf waren, wurde als nicht so wichtig betrachtet. Jan lebte in einer WG, viele Leute hatten Zugang zu dem Badezimmer.

Viktoria beharrte auch der Polizei gegenüber, dass sie Tamara das Messer nur an den Hals gesetzt hatte, damit die ihr sagte, wo der Brief war. Tamara habe ihren Arm gepackt und Viktoria ihr bei dem daraus erfolgenden Gerangel die Wunde am Hals zugefügt, unbeabsichtigt. Glaubte ich nicht. Dass Tamara sich gewehrt hatte, schon, aber so ein grader, schöner Schnitt, das war kein Unfall. Ruth, die das Mandat für Jan nicht abgegeben hatte, zeigte mir die Bilder.

Auf dem Küchenmesser, das in Peter steckte, waren keine brauchbaren Fingerabdrücke, in der Wohnung keine DNA-Spuren, dazu hatte ich zu gründlich geputzt. Zum Glück kam Peter nach zwölf Tagen wieder zu sich und konnte wenig später erzählen, was geschehen war. Er hatte einen massiven Kater gehabt, weil er nach dem Konzert in Schaffhausen noch in mehreren Bars gelandet und erst am Sonntag gegen Mittag heimgekommen war, und wurde erst wach, als er hörte, wie Viktoria im Wohnzimmer die Platten auf den Boden warf und achtlos auf ihnen herumtrampelte. Er wollte sie stoppen, und sie rammte ihm das Küchenmesser in den Rücken, das noch auf dem Tisch vor dem Sofa lag. Am Tag davor hatte ich mir damit einen Apfel zerteilt. Sie hatte sich nicht weiter um Peter gekümmert, sondern ihre Suche einfach fortgesetzt. Hätte ich den Brief in einem Album der Gruppe X-Ray-Spex versteckt, hätte ich sie noch in der Wohnung angetroffen.

Peter genas vollständig, zog aus der Wohnung, vermachte die Firma den Angestellten und eröffnete einen Plattenladen. Ich durfte im Düsentrieb bleiben, musste mir aber eine neue Bleibe suchen. Gregs Angebot lehnte ich ab. Ich hoffte auf eins von Ruth.

Foto: Dieter Kubli

Stephan Pörtner, geboren 1965, verheiratet, eine Tochter, ist Schriftsteller und Übersetzer in Zürich, wo seine fünf Krimis mit Köbi Robert, dem Detektiv wider Willen, spielen. Für den letzten Band, *Stirb, schöner Engel*, erhielt er den Zürcher Krimipreis.

Die Kurzgeschichten *Schwachkopf* und *Blaue Liebe* wurden 2002 und 2012 für den Friedrich-Glauser-Preis in der Sparte Kurzkrimi nominiert.

Er hat unter anderem Werke von Peter Hook (Joy Division/New Order), Tony O'Neill und Marjane Satrapi (Persepolis) übersetzt.

Im Juli 2017 wurde sein Stück «*Der Wolf im Sihlwald*» vom turbine theater in einer Freilichtaufführung im Wildnispark Zürich Sihlwald uraufgeführt.

Er ist Co-Autor der Komödien «*Polizeiruf 117*» und «*Die Bank-Räuber*», die in Zürich uraufgerührt wurden und in der ganzen Deutschschweiz erfolgreich auf Tournee waren.

Für das Schweizer Radio SRF schreibt er regelmässig Hörspiele.

www.stpoertner.ch

Im bilgerverlag erschienen:
Köbi Santiago (2007)
Stirb, schöner Engel (2011)
Pöschwies (2019)

Stephan Pörtner
Pöschwies
Kriminalroman

1. Auflage 2019
© 2019 bilgerverlag GmbH, Zürich, www.bilgerverlag.ch

Autor und Verlag bedanken sich herzlich bei der Fachstelle Kultur des Kantons Zürich für die freundliche Unterstützung.

Der bilgerverlag wird vom Bundesamt für Kultur mit einer Förderprämie für die Jahre 2019–2020 unterstützt.

Alle Rechte vorbehalten. Kein Teil des Werkes darf in irgendeiner Form (durch Fotografie, Mikrofilm oder ein anderes Verfahren) ohne schriftliche Genehmigung des Verlags reproduziert oder unter Verwendung elektronischer Systeme verarbeitet, vervielfältigt oder verbreitet werden.

Lektorat: Susanne Gretter
Buch-, Satz- und Umschlaggestaltung: Dario Benassa

Druck: Friedrich Pustet GmbH & Co. KG

ISBN 978-3-03762-081-6

- Musikbands Kap.
- Hipsters + Obdachlose
- Getränkelieferant
   illegale Bars 17

- S.22. Ironie zu Iran

- Koch- Areal 24

- Gefängnis-"Kultur" 26

- Akkorden 30 (Anekdoten)

- ZH ein schwarzes Loch 32

- verwirrende Listen 35

- 80er Jahre Zeitsch. fördly 36

- "Solidarität" 51

- Sportkleidy
   59/60

frühere Punk